A MERCEDES, TALÍA, CLÍO
Y AL MAESTRO ARRIGO COEN ANITÚA

MITOS Y LEYENDAS DEL MUNDO

JOSÉ SALVADOR CHÁVEZ FERRUSCA

EDITORIAL TRILLAS
México, Argentina, España, Colombia, Puerto Rico, Venezuela

Catalogación en la fuente

Chávez Ferrusca, José Salvador
Mitos y leyendas del mundo. -- México : Trillas, 1993 (reimp. 2014).
170 p. : il. col. ; 27 cm.
Bibliografía: p. 169-170
Incluye glosario
ISBN 978-968-24-4333-6

1. Mitología. 2. Leyendas. 3. Literatura infantil. I. t.

D- 398.2'Ch339m LC- GR78'C4.5 2395

División Administrativa,
Av. Río Churubusco 385,
Col. Gral. Pedro María Anaya,
C. P. 03340, México, D. F.
Tel. 56884233, FAX 56041364
churubusco@trillas.mx

División Logística,
Calzada de la Viga 1132,
C. P. 09439, México, D. F.
Tel. 56330995
FAX 56330870
laviga@trillas.mx

Tienda en línea
www.etrillas.mx

Miembro de la Cámara Nacional de la Industria Editorial
Reg. núm. 158

Primera edición OI
ISBN 978-968-24-4333-6
(OX, ST, SM, TT)

Reimpresión, agosto 2014

Impreso en México
Printed in Mexico

Prólogo

La palabra mitología, de origen griego, proviene del verbo "mitologar", que en un principio significó reportar e inclusive contar relatos. En épocas posteriores, dicho verbo se transformó y connotó inventar historias, o por lo menos, repetir lo dicho por terceras personas; y años después sufrió nuevos cambios, hasta propiciar que se entendiera por mitología la ciencia encargada del estudio de los mitos y las leyendas.

Los hombres primitivos, al enfrentarse con el medio hostil y los variados fenómenos naturales, trataron de encontrar una explicación a su existencia y muerte; a la misteriosa influencia de la carrera de los astros; al motivo de las tempestades y de los sismos; a las estaciones del año; e intuir el origen del mundo y de los seres vivos.

Durante el Neolítico, al organizarse los primeros poblados, los hombres fueron cubriendo el vacío de sus incógnitas sobre su ámbito próximo y el espacio infinito e indeterminado que los rodeaba, mediante mitos de carácter popular. De modo paralelo, se formaron los mitos denominados sabios, creados por pensadores y poetas, e igualmente surgieron los mitos religiosos, cuya temática se centró en la existencia de seres sobrenaturales que regían la vida humana, animal y vegetal.

Muchos siglos después, los filósofos jonios, al comprender que la mitología distaba mucho de ser únicamente la compilación sobre los dioses, semidioses y héroes de la Antigüedad, consideraron a los seres divinos como personificaciones de elementos, fuerzas físicas, o de ideas morales, y durante la Edad Media prevaleció la tesis según la cual se aseguraba que los mitos eran el recuerdo de personajes célebres, hasta que investigaciones realizadas en las mitologías de Oriente, América, África y Oceanía, revelaron la necesidad de clasificar y analizar el origen de dichas creencias, por medio de la tradición común, o de acuerdo con el estado psicológico del hombre, tomando en cuenta la época en que se desarrolló.

Hoy en día, a pesar de que vivimos en la era de las computadoras y la crisis económica mundial nos obliga a inmiscuirnos cada vez más en el completo terreno de las finanzas, la mitología está presente en el interactuar cotidiano de los hombres. En la astronomía, la mayor parte de los cuerpos celestes ha recibido nombres míticos, atendiendo a criterios que en ocasiones vinculan aspectos legendarios del personaje seleccionado, con características de la galaxia, planeta o estrella de que se trate. En el arte, el desconocimiento de temas mitológicos nos impide comprender a fondo la obra de autores que se han inspirado en ellos. En psicología, se alude también, por ejemplo, a los complejos de Edipo y de Electra, requiriéndose conocer el papel que ambos personajes juegan en los antiguos relatos griegos, para entender el símil. En botánica, muchas de las flores objeto de su estudio, ostentan asimismo nombres que encierran con frecuencia bellas leyendas; y en geografía son abundantes los continentes, peninsulas, montañas y ríos que deben sus denominaciones a personajes míticos.

Cabe aclarar, sin embargo, que la persistencia de la mitología no obedecen tan solo a la tendencia humana de dirigir el rostro hacia el pasado, sino que el hombre es y será un generador constante de mitos e igualmente de leyendas, y aunque varíen las formas en que la tradición desfigure un hecho de importancia social, ocurrirá el fenómeno una y otra vez.

En este volumen de *Mitos y Leyendas del Mundo,** se presenta una selección de 65 episodios representativos de cada uno de los continentes del planeta, que encierran moralejas, explicaciones sobre los fenómenos naturales, procesos culturales, versiones cosmogónicas y aspectos históricos de los pueblos que los forjaron. Al final de los mismos, se incluye un glosario de personajes, lugares y animales fabulosos, que hace las veces de un breve diccionario mitológico sobre la temática que se aborda en el libro.

JOSÉ SALVADOR CHÁVEZ

* Algunos de los capítulos de esta obra están basados en las colaboraciones del autor, que se publicaron en el periódico *El Occidental*, de Guadalajara.

Índice de contenido

Prólogo 5

EUROPA

Escandinavia 11
El buque fantasma, 11. Las manzanas de la eterna juventud, 13. Ojos de estrella, 15

Países eslavos 18
El arco del pie, 18. Las rusalka, 20

Rusia 22
El mujic y la serpiente, 22

Inglaterra 24
La leyenda del rey Arturo, 24. Lady Godiva, 27

Alemania 29
Parsifal, 29

Grecia 31
El gallo, 31. La Vía Láctea, 32. La soberbia Aracné, 33. Hermafrodito, 34. Las musas, 35. El cisne seductor, 37. Eros y Psique, 39. La corona de laurel, 41. Orión, 43. Los vientos, 45. Pandora, 47. Las cuatro estaciones, 49. Las amazonas, 52. Ramillete de leyendas, 54. Ícaro, 57. La celosa Hera, 58. Faetón, 60

Roma 62
Jano, 62. El rapto de las sabinas, 64. Dioses domésticos, 66

ÁFRICA

Egipto 71
Osiris e Isis, 71. Fetichismo, 73

Ruanda 75
En busca de una reina, 75

Madagascar 77
Antecesores, muerte y lluvia, 77

ASIA

China **81**
El fuego por frotamiento, 81. El vestido nupcial, 83. El sol chino, 85. La luna china, 87. El unicornio chino, 89. El día y la noche, 91

Japón **93**
El origen de la dinastía imperial japonesa, 93

Tíbet **95**
El árbol soberbio, 95.

India **97**
La indiscreción femenina, 97. Una burrada, 98. Buda bajo el aspecto de liebre, 100

Babilonia **102**
El diluvio, 102. Los jardines colgantes de Babilonia, 104. La escritura, 107

Arabia **109**
El fruto prohibido, 109

Indonesia **112**
El heredero deseado, 112

OCEANÍA

Melanesia **117**
Melanesia, 117

Polinesia **119**
Polinesia, 119

AMÉRICA

Alaska **125**
Focas, morsas y ballenas, 125

Estados Unidos de América **127**
Regreso a las estrellas. 127

México **129**
El maguey, 129. La nueva humanidad, 131. El maíz, 133. El amor de la estrella, 135. El sol de reflejos verdes, 137. La vainilla, 139. El recuerdo de un amor, 141. Carrera hacia el poder, 143

Colombia **145**
Cruenta leyenda chibcha, 145

Perú **147**
Dioses de los incas, 147

Uruguay **149**
El paso de la cruz, 149

Brasil **151**
Origen de la luz diurna, 151

Glosario de personajes, lugares y animales fabulosos **153**

Bibliografía general **169**

Europa

Escandinavia

El buque fantasma

Richard Wagner, el músico inmortal de Leipzig, escribió en 1841 el borrador del libreto de la ópera *El buque fantasma*, basándose en la obra de Heine, sobre todo en lo referente al desenlace, y en las leyendas de Vanderdecken que le contaron los marinos del barco mercante *Tetis*, durante una travesía rumbo a Francia, en la cual la nave estuvo a punto de *naufragar* a causa de las tormentas.

Además del portento musical logrado por Wagner, su excelente idea de fusionar las versiones creadas en torno a la figura misteriosa del Holandés Errante y su embarcación fantasmal, se convirtió en la leyenda hoy por todos conocida. Según ésta, Daland, un marino noruego que con su barco traficaba entre varios puertos del Mar del Norte y del Báltico, fue víctima en cierta ocasión de un violento huracán y la nave arribó milagrosamente a la playa de Sandwich, ubicada a siete millas de su destino original.

Una vez que anclaron, la tripulación tuvo oportunidad de reposar, a excepción del piloto, que se había quedado de guardia en el puente y que vencido por el cansancio se durmió al poco rato. La tempestad volvió con más fuerza y en medio de ella apareció de repente el *buque fantasma*. Con sus mástiles fúnebres y las velas color sangre, navegó a una gran velocidad y al llegar a la playa se colocó junto al navío noruego.

Momentos después, unos marineros espectrales cargaron las velas y el Holandés Errante desembarcó. Entretanto, Daland salió de su camarote y al ver el misterioso barco tan próximo, despertó abruptamente a su piloto y le ordenó que llamara a la tripulación vecina, pero nadie respondió. El nórdico decidió entonces pisar tierra y no tardó en descubrir al Holandés Errante sentado en una roca, con la mirada perdida en el mar embravecido. De inmediato le hizo plática.

Daland averiguó así la nacionalidad de aquel hombre esbelto, de elevada estatura, rostro taciturno, espesa barba y soñadores ojos azules, y escuchó algunos pormenores de sus viajes por las aguas de casi todos los rincones del planeta. Tan grata impresión le causó, que Daland le hizo una invitación para que lo acompañara a su casa y el Holandés, agradecido, premió su ofrecimiento de hospitalidad con un cofre lleno de perlas finas, gemas y metales preciosos.

Daland quedó perplejo ante la manifestación de gratitud y al saber que su acaudalado conocido deseaba formar una familia, ambicioso, le propuso por esposa a su hermosa hija Senta. De tal suerte, apenas hubo amainado la tempestad, los buques zarparon con rumbo a playas noruegas.

Mientras esto ocurría, en su casa, Senta contemplaba un óleo que resaltaba en la pared del fondo de la sala, en el cual aparecía coincidentemente el enigmático rostro del Holandés Errante. Su nodriza le había cantado desde niña la balada del legendario personaje que viajaba en busca del cariño de una mujer que le guardara fidelidad para conseguir el descanso eterno. Como resultado, Senta era víctima de un amor ideal hacia el marino fantástico, por lo que rechazaba una y otra vez a Erik, cierto cazador que la cortejaba.

Cuando Daland llegó a su casa acompañado del Holandés Errante, a Senta le dio un vuelco el corazón y días después vio su ilusión hecha realidad al escuchar la propuesta de matrimonio por parte de aquel forastero.

Sin embargo, al enterarse Erik de que su amada se había comprometido con un desconocido, celoso, fue a buscarla y al tenerla frente a sí la sujetó por los hombros y trató de disuadirla inútilmente. Quiso el azar que en esos momentos el Holandés llegara hasta donde se encontraba la pareja. El cazador se dio cuenta de su presencia y con mala intención le echó en cara a Senta una falsa promesa de fidelidad.

Sin decir palabra, el legendario navegante se dirigió a su buque y dio la orden de levar anclas. Al verle partir, la afligida hija de Daland, impotente para retenerlo, se arrojó desde un acantilado y entonces el *buque fantasma* se hundió de pronto. Después surgieron de entre las olas que cubrían al navío, los espectros del Holandés y de Senta unidos en un abrazo. Por fin había logrado la ansiada redención.

Las manzanas de la eterna juventud

Cierta ocasión Odín, Loki y Henrir, emprendieron uno de sus múltiples viajes y luego de recorrer una gran distancia, decidieron que lo mejor era descansar y saciar el hambre y la sed. De tal suerte, una vez que dieron caza a un buey que pasaba, se dispusieron a asarlo.

Mientras esperaban que la carne estuviera lista, conversaron largamente. Sin embargo, aunque las horas transcurrían, la pieza continuaba cruda, por lo que concluyeron que debía haber un encantamiento. Y, en efecto, al mirar hacia la copa del árbol bajo el que se guarecían, advirtieron la presencia de un águila, la cual admitió ser la causante de que el buey no se asara, y además les dijo que impediría que comiesen si no la aceptaban como comensal. No quedándoles otro remedio, el trío de divinidades accedió. Cuando el águila se encontró finalmente a su lado, permitió la cocción del animal; pero al llegar el momento de la repartición, trató de obtener para sí los mejores trozos.

Ante dicha actitud, Loki se encolerizó y cogió una rama para ahuyentar al ave de rapiña. Ésta levantó de inmediato el vuelo y sorprendió a su agresor al tomar con sus garras el arma con que Loki se disponía a golpearla. El dios se asió con tal fuerza a la rama, que también fue levantado por los aires.

Al principio, Loki, en su habitual actitud de fanfarronería, amenazó repetidamente al águila para que lo dejara libre, pero como el ave no le hacía caso y continuaba en vertiginoso ascenso, la advertencia se convirtió en súplica y finalmente en promesa de cualquier tipo de recompensa. Por fin el águila descendió y ya en tierra se metamorfoseó y presentó su verdadera identidad: la del fiero gigante llamado Thjazi.

Loki temblaba ante la transformación, pues temía por su vida; sin embargo, su captor sólo le pidió que recordara sus ofrecimientos de recompensa y exigió que le entregara a la diosa Idún y sus preciados frutos. La bella diosa Idún había llegado una dorada tarde a las mansiones divinas, en medio de una abundante luz semejante al color plateado de sus largos y sedosos cabellos, con una fresca sonrisa y llevando consigo un cesto de manzanas mágicas, las cuales sólo con ser probadas impedían el envejecimiento.

A fin de cumplir su palabra, Loki condujo a Idún a un bosque lejano, con el pretexto de enseñarle unos frutos más grandes y jugosos que los que reaparecían en su cesto de manera inexplicable cuando eran consumidos, y la beldad, curiosa, se dejó llevar hasta la espesura. Ahí fue sorprendida por Thjazi quien la raptó, la ocultó en su palacio y le propuso matrimonio. Sin embargo Idún —quien estaba casada con Bragi, el viejo escalda de Odín, cuya tarea consistía en ofrecer a los recién llegados al Walhala la primera copa de bienvenida— rechazó al rudo gigante, por lo que fue encarcelada en una torre muy alta.

Mientras tanto, los demás dioses, además de advertir la desaparición de Idún, comenzaron a sentir los estragos causados por la vejez. Preocupados, se preguntaban unos a otros qué sucedía. Finalmente se dieron cuenta de que Loki había tenido injerencia en el caso y lo obligaron a ir a rescatarla.

Por su parte, Loki, para no ser castigado y recuperar la confianza de ellos, adoptó la forma de halcón y voló presuroso al reino de los gigantes. Ya en dicho lugar, lo recorrió de extremo a extremo hasta encontrar el palacio de Thjazi. Se posó en la ventana de la torre en que estaba cautiva Idún, la consoló y enseguida la transformó en nuez, para poder conducirla sana y salva hasta la morada de los dioses. Emprendió de inmediato el regreso, mas Thjazi enseguida notó la desaparición y convirtiéndose nuevamente en águila se dispuso a ir tras su presa. Se encontraba a punto de darle alcance cuando los dioses, al ver que ambos se aproximaban advirtieron el peligro y enseguida encendieron una gran fogata.

Apenas el halcón hubo traspuesto las murallas de las mansiones divinas, los dioses avivaron el fuego y las llamas abrasaron las alas del águila, que cayó agonizante. Entonces recobró Thjazi su fisonomía.

Ya fuera de peligro, Idún recuperó su encantador aspecto, y su regreso no sólo alegró a su marido sino a todos los dioses, pues pudieron disfrutar otra vez de la juventud y fuerza suficiente, gracias a las deliciosas manzanas del cesto prodigioso.

Ojos de estrella

Una leyenda nórdica refiere que cierta Nochebuena en que la aurora boreal lucía todo su esplendor y las estrellas refulgían en la bóveda celeste, un matrimonio de lapones remontaba las colinas nevadas en sus trineos individuales tirados por renos.

La mujer conducía su trineo con dificultad pues llevaba en los brazos a su hijita, muy bien cubierta con una piel de oso. No sólo no manejaba bien el trineo, sino que tampoco sostenía con seguridad a su hija.

Cuando iniciaron el descenso hacia el valle, una manada de lobos hambrientos les salió al paso y los renos galoparon cuesta abajo a tal velocidad que los trineos amenazaban con voltearse.

Al topar con un promontorio de nieve, el vehículo de la asustada mujer dio un salto y la pequeña, escapándosele de los brazos, cayó sobre la nieve.

La angustiada madre intentó frenar la carrera del reno y le gritó a su marido, quien viajaba un poco adelante, que se detuviera para rescatar a la niña, pero los animales de tiro se negaron a obedecer y continuaron, atemorizados, la huida.

En tanto, parte de la manada rodeó a la chiquilla amenazadoramente, pero ésta, sin moverse ni llorar, dirigió a cada uno de los lobos una mirada profunda e inocente y, de modo asombroso, consiguió que se alejaran.

Pasado el trance, quiso el destino que un agricultor noruego encontrase a la pequeña abandonada y la llevara en su trineo al pueblo cercano de Vadso, donde tenía su hogar. Aquel hombre bondadoso, que respondía al nombre de Simón Sorsa, le entregó la nena a su mujer, de nombre Isabel, para que le diera de beber leche y la conmovida pareja decidió adoptar a la hermosa lapona.

Más tarde, el matrimonio fue a la iglesia para bautizar a la niña, por si acaso no había recibido dicho sacramento, asignándole el nombre de su madre adoptiva, Isabel. Cuando el sacerdote tuvo ante sí a la pequeña, lo maravilló la hermosa mirada de ésta y dijo que convenía más llamarla Ojos de Estrella. Eso le pareció muy atinado a Simón Sorsa y lo aceptó aun contra la voluntad de su esposa.

Aunque el matrimonio tenía ya tres hijos —Simun, Palte y Matte—, la pequeña Ojos de Estrella creció feliz a su lado durante un par de años, hasta que Isabel, quien era muy supersticiosa, advirtió cómo la niña, mediante la visión, era capaz de dominar a los animales, controlar a la gente, e inclusive calmar tempestades, por lo que sospechó que la criatura descendía de lapones hechiceros.

A partir de entonces, la campesina ejerció una vigilancia estrecha sobre la chiquilla y sin apreciar las buenas acciones que realizaba, sólo prestó atención a los sucesos extraordinarios en que intervenía.

Cierta ocasión, un forastero pasó la noche en la cabaña. Al día siguiente, Isabel se dio cuenta de que había desaparecido su anillo de oro. Sospechando del huésped, aprovechó que éste dormía para registrarle los bolsillos, pero no encontró el objeto perdido. Ojos de Estrella se despertó en ese momento y, al mirar al desconocido, aseguró que éste tenía la sortija en la boca. Comprobado lo anterior, el hombre fue echado de la casa.

Tiempo después Palte enfermó de viruela y cuando el médico terminaba ya su visita, Isabel pensó en obsequiarle al galeno un pescado fresco que tenía. De repente, volteó hacia un rincón donde jugaba la niña con una muñeca de trapo y, sorprendida, escuchó claramente que repetía en voz alta la idea que ella había tenido de regalar el pescado.

Una vez que el médico se hubo marchado, Isabel no pudo contenerse más y aprovechando que su marido, quien amaba entrañablemente a la pequeña, estaba de viaje, decidió enviar a Ojos de Estrella a vivir a los sótanos, hasta que "los malos espíritus" la dejaran tranquila.

Sin embargo, a pesar de la oscuridad de aquellos lugares, la chiquilla era capaz de percibir los cachivaches existentes y además su vista traspasaba los pisos de madera de la cabaña.

Durante la víspera de Navidad, Murra, una vecina, pasó a saludar a la familia noruega y mientras tomaba té caliente con la mujer de Simón, escuchó una voz infantil que, con una canción, describía la escena en que tomaba parte.

Isabel le contó entonces de quién se trataba y los motivos de su aislamiento, y la malévola visitante le sugirió que le cubriera los ojos con siete vendas de lana para que no viera nada.

La agricultora siguió al pie de la letra el consejo y a pesar de ello, para sorpresa de ambas mujeres, Ojos de Estrella cantó nuevamente:

"Mira las estrellas
brillan a millares.
Mira los fuegos rojos
subir en el horizonte.
¡Las estrellas me sonríen!
Mis estrellas queridas.
Me traen el mensaje de Navidad".

Ante aquel portento, Murra señaló que la única forma de dar fin a los "poderes malignos" consistía en cavar en el sótano un pozo de dos metros de profundidad y enterrar en él a la pequeña, pero Isabel se opuso y pidió a su vecina que devolviera la nena a Laponia, creyendo que ahí la recuperaría su familia verdadera. Sin embargo, la perversa visitante se concretó a dejar a Ojos de Estrella en la planicie nevada donde, según le contaron, Simón Sorsa la había encontrado tiritando de frío.

Cuando se alejaba, maliciosa, advirtió que la niña dirigía su mirada al cielo estrellado, les sonreía a los astros titilantes y la luz de éstos parecía concentrarse en los bellos ojos negros de la infanta.

Entretanto, regresó el campesino de su viaje y de inmediato le preguntó a Isabel por su hija adoptiva, obteniendo por respuesta sólo evasivas, hasta que supo lo ocurrido.

Simón, enfurecido, fue en busca de Murra y llevándola consigo la obligó a indicarle el sitio exacto en que había dejado en completo desamparo a Ojos de Estrella, pero únicamente encontró un hoyo en la nieve, donde estuvo sentada y el rastro delator de unos esquíes que se perdía.

El afligido noruego marchaba derrotado y afligido a su casa, seguido de Murra a la distancia, cuando sorpresivamente unos lobos se lanzaron sobre ésta y la devoraron.

Ya en Vadso, recibió la mala noticia de que su rebaño de corderos había corrido la misma suerte que Murra y recordó al punto un sueño, en el que una estrella se posaba en él y le decía: "Consérvame y cuídame, pues yo seré una bendición para ti y los tuyos''; después, al escuchar el sonido de la campana del pueblo que llamaba a la misa matinal, rogó a Dios que perdonara a Isabel su falta y, resignado, deseó fervientemente que su amada hija hubiera encontrado un nuevo hogar donde la trataran con el cariño que se merecía y en el que se valoraran los dones que traía su sola presencia.

Países eslavos

El arco del pie

Según reza un relato popular, cuando los ángeles malditos fueron arrojados del cielo, el demonio clavó al astro rey en su lanza y se refugió en la Tierra. Dado que el planeta corría el riesgo de ser calcinado, Jehová encomendó al arcángel San Miguel la difícil misión de recuperar el Sol y devolverlo a su sitio. El enviado celestial fingió entonces que pertenecía a las huestes de los expulsados y entabló amistad con Luzbel, pero éste, receloso de aquel espíritu que irradiaba bondad, no se apartaba del valioso botín.

Cierto día en que paseaban juntos, llegaron hasta la orilla del mar y, agobiados por el calor excesivo, decidieron aprovechar la ocasión para bañarse. Satanás hundió, desconfiado, su lanza coronada por el radiante disco en la arena y los dos ángeles se refrescaron durante un buen rato.

Tal vez el descanso y la grata sensación experimentada por San Miguel propiciaron que se le ocurriera una estratagema para cumplir con su cometido y, súbitamente, le propuso al demonio un juego en el que resultaría vencedor quien lograra sumergirse a mayor profundidad en el menor tiempo. El maligno, que también disfrutaba del relajamiento provocado por el suave oleaje, se encontraba de buen humor y aceptó el reto. Con gran agilidad se sumergió el arcángel y volvió pronto a la superficie, con el rostro lleno de arena del fondo del mar.

El diablo se dirigió a la orilla, escupió en el suelo y del salivazo formó un cuervo para que velase por el Sol mientras realizaba la prueba y sólo entonces accedió a zambullirse. Apenas desapareció entre las ondas marinas, San Miguel hizo la señal de la cruz y en el acto una capa de hielo de nueve varas de espesor cubrió la superficie del mar. De inmediato, el enviado celestial recuperó el Sol y voló presuroso en dirección al trono de Dios, mientras el cuervo graznaba con todas sus fuerzas. Al escuchar el llamado de alarma, Luzbel nadó rápidamente hacia la superficie, pero se topó con la barrera de hielo. Sin darse por vencido, buscó cerca del fondo hasta encontrar una roca de gran tamaño con la cual destrozó el obstáculo y se lanzó en pos del astuto arcángel.

San Miguel, despreocupado, había dado ya una pisada en territorio celeste, cuando Satanás lo alcanzó y al asirlo del otro pie logró arrancarle con sus garras un pedazo de carne de la planta. Ya a salvo, el ángel se presentó, herido, ante Jehová, y el astro rey fue devuelto a su lugar. A pesar de las felicitaciones recibidas por el buen éxito de su misión, San Miguel se lamentaba pensando en que padecería de ahí en adelante de cojera, pero el Creador remedió la situación igualando, con su poder divino, la planta sana a la herida, para que pudiera andar bien y dispuso que todos los hombres dejaran de tener los pies planos.

Las rusalka

La ramificación étnica y lingüística de la familia indoeuropea, los eslavos, ha sido subdividida en tres grandes grupos: los occidentales, establecidos en Polonia, Bohemia, Moravia y Eslovaquia (polacos, checos, eslovacos, lusacios); los orientales o rusos, que abarcan los grandes rusos, malo rusos y rusos blancos, y los meridionales, a los que pertenecen los búlgaros, servios, croatas y eslovenos.

En general, dichos pueblos creían hace siglos que si una joven perdía la vida en un medio acuático, regresaría bajo el aspecto de una rusalka. Sin embargo, la imagen que se formó de esta divinidad de las aguas no fue la misma en los diferentes países citados, pues variaba según el clima, el color del cielo, de las olas y también de los conceptos religiosos imperantes.

De tal manera, los eslavos del Danubio Azul veían en la rusalka (denominada "Vila" en aquellas latitudes) una doncella graciosa que conservaba los rasgos físicos de la víctima, mientras para los rusos septentrionales se trataba de criaturas maléficas desgreñadas y sin atractivo.

Si bien las rusalka del sur eran alabadas inclusive por la palidez de su rostro, comparable a la palidez de la Luna, aparecían envueltas en finos ropajes hechos de niebla y, al estilo de las sirenas helénicas, cautivaban a los viajeros por su voz melodiosa, sus similares del norte mostraban la lividez de los cadáveres, en sus ojos podía advertirse un reflejo verde maligno, andaban desnudas y tenían gran habilidad para arrojar al agua a los incautos y ahogarlos.

Hay consenso en que las rusalka llevaban una doble existencia mediante la cual podían vivir como seres acuáticos durante una temporada y después habitar los bosques, a la llegada del verano. En efecto, ocurrido esto último, seleccionaban un sauce llorón o bien un abedul cuyas largas ramas estuvieran inclinadas sobre el agua; y por la noche gustaban de conversar con viajeros e inclusive descender a un claro del bosque y danzar a la luz de la luna.

Los eslavos meridionales creían que los suelos donde las rusalka ponían su planta eran más propicios para plantar trigo; sin embargo, también se pensaba que entre sus maldades favoritas se encontraba la de trepar por la rueda del molino y romperle las muelas, o cuando menos atascarlo, además de hacer grietas en los diques, destruir las redes de los pescadores y propiciar tormentas.

Para evitar la acción maléfica de las rusalka, se acostumbraba llevar consigo una hoja de ajenjo.

Por último, cabe apuntar que las rusalka han servido como fuente de inspiración para pintores famosos, poetas, escritores y músicos. Entre estos últimos destaca Dvorak, quien, con base en un libreto de Kyapil, escribió en 1900 la ópera intitulada precisamente *Rusalka*, que alcanzó buen éxito en su presentación.

Rusia

El mujic y la serpiente

La serpiente, a diferencia de otros reptiles —como el cocodrilo, que en el sistema jeroglífico egipcio representaba la tiranía, la furia y la maldad—, ha sido objeto de diversas significaciones simbólicas.

Prueba de ello es que, según la religión católica, la serpiente hace evocar al demonio, instigador del pecado, mientras que la serpiente de bronce de los israelitas simboliza la redención.

En la antigua Grecia, se consideraba a este reptil emblema de fecundidad o de adivinación y estaba vinculado al culto de Asclepios (Esculapio) y de otras divinidades médicas.

Una gran cantidad de leyendas y tradiciones versan sobre el heroísmo de audaces mancebos, nobles guerreros y santos ejemplares que defienden a la mujer pura de las asechanzas de dragones o serpientes, lo cual nos revela que han predominado las significaciones negativas del reptil en cuestión. Empero, se le ha dado en ocasiones un tratamiento diverso a las sierpes, como podrá constatarse al terminar la lectura de la fábula rusa que presento a continuación.

Hace muchos años, gobernaba en la antigua Rusia un zar muy generoso, al cual le causó gran inquietud haber soñado una zorra muerta colgada de la cabecera de su lecho, por lo que reunió a los consejeros imperiales y les preguntó qué significaba la pesadilla. Para su mala fortuna, los sabios no pudieron darle una respuesta al enigma y entonces el emperador, obsesionado por su sueño, decidió citar a cada uno de los súbditos y conceder una recompensa a quien lo resolviera.

Semanas después, un viejo mujic (campesino) recibió la orden de comparecer ante el zar y, obediente, emprendió el camino hacia palacio.

Cuando ya se encontraba cerca, hubo de cruzar un sendero situado entre dos montañas y, de pronto, una serpiente descomunal que medía tres veces la estatura de un hombre, le salió al paso y lo dejó petrificado de temor.

El mujic creyó terminados sus días, pero el ofidio no lo atacó, sino que, asombrosamente, le dirigió la palabra y luego de una charla breve, el animal prodigioso supo los motivos por los cuales habían citado al anciano y le propuso revelarle el significado del sueño, si se comprometía a darle la mitad de la recompensa ofrecida. El viejo mujic aceptó y se enteró así de que la pesadilla de la zorra muerta era señal de exceso de fraudes y mentiras en el imperio ruso, e inmediatamente lo comunicó al zar, quien, satisfecho, lo colmó de regalos. El anciano dio un rodeo de regreso a su casa para no toparse con la serpiente y bendijo su buena suerte.

Transcurrido algún tiempo, el gobernante soñó que una espada colgaba del techo de su habitación y, sin dudarlo, mandó llamar al mujic. Éste palideció ante la noticia, pero no quedándole otro remedio fue a ver al gigantesco reptil y le mintió, asegurándole que, por no haber recibido premio alguno, no había podido cumplir su promesa. El ofidio le creyó y, renovando las condiciones pactadas, indicó que el sueño anunciaba una guerra próxima. Cuando el zar conoció tal opinión, formó un gran ejército y, al recibir el ataque de sus enemigos, pudo derrotarlos fácilmente. En pago al servicio prestado, el anciano mujic obtuvo varios dones, entre los que destacaba una espada mágica y con ella el mujic trató de victimar a la serpiente, pero sólo alcanzó a cortarle la punta de la cola.

El gobernante de Rusia permaneció tranquilo hasta que cierta noche tuvo un sueño peculiar: una oveja suspendida sobre su cama. De inmediato solicitó la presencia del mujic y el anciano hubo de buscar otra vez al ofidio, a quien le confesó toda la verdad y le pidió perdón. La bondadosa serpiente no sólo perdonó al hombre, sino que le explicó que la oveja era señal de paz y felicidad. Dicha interpretación, al ser aceptada por el soberano, produjo una gran cantidad de presentes, los cuales quiso compartir el agradecido anciano con el animal fabuloso, pero éste rechazó el ofrecimiento. Además, justificó el proceder del mujic, aduciendo que la primera vez él había sido falso porque la mentira y el fraude predominaban en el imperio; la segunda ocasión había actuado en forma reflexiva, contagiado por la guerra; y la conducta que tenía en ese momento obedecía a la tranquilidad que se respiraba en el país.

Inglaterra

La leyenda del rey Arturo

En Gran Bretaña, el ciclo medieval de Arturo comenzó a formarse después de la invasión sajona (450-510), y se enriqueció posteriormente bajo la influencia de los relatos procedentes del Continente.

El personaje (mitad rey, mitad dios) quizá existió en el siglo V o en el VI y luego de adquirir un carácter legendario recibió el influjo de diferentes aventuras de Gwydion, dios "civilizador", que dispensaba beneficios y propagaba las artes. Gwydion quien era hijo de Don (Donu en Irlanda), la madre del panteón céltico insular. De tal suerte, una serie de protagonistas que acompañaron a Gwydion tendrán gran semejanza tiempo después con los de la corte de Arturo.

En los textos primitivos, su esposa Gwenhwyar (Guinevére, Ginebra), hija del gigante Ogyrvan, protector e iniciador del bardismo, es considerada su hermana. Por otra parte, sus dos hijos (o sobrinos) Gwalchmai y Medrawt, bueno el primero y perverso el segundo, vienen a ser las divinidades de la luz (Llew) y de las tinieblas (Dylan). Gwalchmai ("el halcón de mayo") es Sir Gauvain, y Medrawt, Sir Mordred. Un tercer hermano, Gwalchaved ("el halcón de estío"), se convertirá en Galahad. Myrddin llegará a ser Merlín, el astuto mago, y Uther Pendragon o Urien, puede corresponder a Uther Ben, la "Cabeza maravillosa" de Bran, que vivió ochenta y siete años después de separada de su cuerpo.

El ciclo mítico del rey March (Mark), de la reina Essyllt (Isolda) y del caballero Drystan (Tristán) se relaciona también con la leyenda artúrica, debido a que varios personajes secundarios pierden su individualidad para fundirse en la multitud anónima de los *korred* (enanos), de las *korriganes* (hadas) y de las *morganas* (demonios femeninos de las aguas) del folklore bretón.

Resulta muy difícil elaborar una síntesis de la hermosa leyenda del rey Arturo, mas en un intento por destacar los rasgos principales, presentaré parte de ella.

Constancio, monarca de Bretaña, tuvo tres hijos: Moines, Pendragon y Uther.

A la muerte del rey, le sucedió Moines en el trono, pero su vida terminó en una lucha contra los sajones, víctima de la traición de Vortingern, quien fuera su senescal. Ascendió al trono Pendragon, pero también expiró en el campo de batalla.

Entonces Uther recibió la corona y desde el inicio de su gobierno añadió el nombre de Pendragon al suyo para honrar la memoria de su hermano.

El poderoso mago Merlín se convirtió en consejero del nuevo monarca y estableció la famosa Tabla Redonda, a cuyo rededor se sentaban él y los grandes caballeros del país.

Para festejar su ascención al trono, el rey Uther organizó grandes festejos y durante ellos conoció a Ingerme, esposa de Garlois, duque de Tentadiel. Al morir éste, el apasionado monarca se casó con la viuda, gracias a las dotes mágicas de Merlín, y ambos tuvieron un hijo: el legendario Arturo.

Quince años después, Uther murió y su heredero se aprestaba, en víspera de Navidad, a asumir el gobierno, pero un grupo de nobles se opuso por considerar que alguien tan joven no podía desempeñar tan alta responsabilidad. Se solicitó la reconocida opinión de Merlín.

El famoso mago aseguró que a la mañana del día siguiente daría su respuesta, e hizo aparecer en medio de la plaza una enorme piedra que tenía una espada clavada con una inscripción en la empuñadura, en la cual decía que quien lograra sacarla merecería el poder.

Bajo la supervisión del arzobispo Bruce, la mayoría de los nobles del reino intentaron sacar la espada, llamada Excalibur, de la piedra, pero fracasaron. Entonces Arturo probó y la espada se desprendió fácilmente. Ante el convencimiento general, el joven descendiente de Uther fue proclamado rey.

Arturo se ganó el cariño de sus súbditos debido a su bondad y gran valor. No obstante, se rebelaron contra él un ejército de caballeros, once reyes tributarios y un duque. A pesar de la gran amenaza que esto representaba para su gobierno, tras encarnizada batalla liberada en el bosque de Rockingham, el noble monarca los venció, ayudado por Merlín. Empuñando la valiosa espada, Arturo combatió también a los temibles sajones y los derrotó en forma total en Mount Badon.

Años más tarde, Claudio, el Señor de la Tierra Desierta invadió el territorio del rey Jeogadan y éste le pidió ayuda al monarca de Bretaña, el cual apoyándose únicamente en su valiosa arma y en las artes mágicas de su consejero acabó con el ejército agresor. En premio a su hazaña recibió a la hermosa princesa Ginebra y en medio de una fastuosa ceremonia contrajeron matrimonio. Merlín siguió el ejemplo del soberano y también se casó con una bella joven llamada Viviana, a la que enseñó los secretos de la magia. Nunca imaginaron Arturo y el hechicero que tal decisión se convertiría en el principio del fin para ambos.

En la segunda etapa de la vida de Arturo, el reino sufrió nuevas luchas internas, lo cual hizo peligrar su estabilidad, y cuando los oponentes del monarca bretón pensaban que lograrían derrotarlo, el caballero Lanzarote ocupó uno de los asientos en la Tabla Redonda y se convirtió en el adalid salvador. De tal suerte, el bravo e invencible recién llegado adquirió gran fama por sus hazañas notables en el campo de batalla y en los torneos que se organizaban a menudo.

Desde su ingreso en la Corte, a Lanzarote le impresionó mucho la belleza de la reina Ginebra, y a causa de la estrecha amistad que lo unía al soberano, tuvo la oportunidad de intimar con ella. En poco tiempo, el apuesto paladín se enamoró de la esposa del monarca, pero disimuló sus sentimientos y prevaleció en su ánimo la lealtad hacia Arturo. Sin embargo, como la propia Ginebra le hiciera notar que también lo amaba, Lanzarote no pudo contener más su reprimida pasión. A pesar de que los amantes se esforzaron en ocultar su relación adulterina, ésta hubo de conocerse y las habladurías de la corte llegaron a oídos de Arturo, quien, encolerizado, le declaró la guerra al que hasta aquel nefasto día, había tenido por su más fiel servidor y amigo.

Lanzarote soportó el ataque en el castillo de la Dolorosa Guardia, y como transcurrían meses y no lograba su capitulación, Arturo pensó en vengarse al menos de Ginebra, a quien mantenía en cautiverio, quitándole la vida. Sin embargo, el caballero sitiado puso en práctica un plan audaz, logró rescatar a la regia dama y la condujo a su fortaleza.

Los nobles, que habían permanecido al margen de la contienda, se sumaron a uno y otro bando y la guerra adquirió tal magnitud que amenazó con provocar la ruina del país. Más que atacar, Lanzarote se concretaba a rechazar las ofensivas de Arturo, y, por fin, decidió enviar a una doncella muy hermosa como embajadora para que negociara la paz. La diplomacia y los argumentos esgrimidos por la joven casi lograron disuadir al soberano de su afán de venganza, pero Galván, quien era sobrino suyo, se entrometió y Arturo se negó a cesar las hostilidades, las cuales se reanudaron con mayor encono. El conflicto habría durado varios años más, de no ser porque el arzobispo de Canterbury, alarmado por la situación, dispuso que excomulgaría a quienes no pidieran al rey que aceptara la paz ofrecida y admitiese de nuevo a su esposa Ginebra. Arturo reaccionó en forma positiva, y como seguía amándola, la admitió a su lado y la perdonó generosamente.

A pesar de que volvió la calma, los enemigos del monarca no tardaron en advertir que, por razones obvias, Lanzarote había dejado de ser su "brazo fuerte" e invadieron parte del reino. Arturo hubo de abandonar su palacio para combatir a los agresores y, aprovechando la ocasión, Mordred hizo circular la noticia de que el rey había muerto en batalla y se proclamó nuevo soberano de Bretaña. Dicha mentira se convirtió en realidad pues en la llanura de Camelot, tras una gran derrota, Arturo quedó malherido. Al comprender que su fin estaba próximo, le pidió a Rex, uno de sus nobles caballeros, que lo condujera a la orilla del lago cercano. Una vez realizado lo anterior, le ordenó a su afligido súbdito que le desciñera la espada Excalibur, la arrojase al fondo de las aguas, le contara a la reina Ginebra lo ocurrido y lo dejara morir solo. Rex se alejaba, apesadumbrado, cuando vio que a la orilla del lago llegaba una nave resplandeciente, como si fuera de plata, tripulada por una dama, el rey subía a la embarcación, ésta se alejaba rápidamente y desaparecía entre las brumas de la lejanía.

Por lo que respecta a Merlín, perdió la vida a manos de Viviana, su esposa, a quien había convertido en fatal hechicera.

Ginebra, por su parte, se recluyó en un convento y siendo abadesa, le rogó a su doncella de mayor confianza que cuando muriese, le extrajera el corazón, lo introdujese en un yelmo que había utilizado Lanzarote y buscara a este afamado caballero para entregarle aquel obsequio macabro, en recuerdo de su amor y como testimonio de fidelidad. Según parece, no se pudo cumplir el terrible encargo.

Lady Godiva

Hace novecientos años, Sir Leofric era el gobernador de la ciudad inglesa de Coventry. Dicho caballero había construido para sí, con el dinero del pueblo, un pequeño castillo en cuyos jardines habían trabajado todos los ciudadanos del lugar, al menos un día a la semana. Leofric tenía por esposa a Lady Godiva, bella joven de largo y hermoso cabello rubio y bondadosa en extremo.

Cierto día, Lady Godiva salió a pasear por las calles de Coventry en su caballo y dirigió, como era su costumbre, palabras amables a quienes se encontraba en su camino, pero nadie respondió a los saludos. Inclusive los niños se concretaban a dirigirle una triste mirada antes de volverle la espalda, e intrigada decidió averiguar la causa de aquel proceder general. Llegó hasta el taller de un zapatero que reparaba, afanoso, una bota, lo interrogó y obtuvo por respuesta que Leofric había doblado los impuestos.

Lady Godiva regresó apresuradamente al castillo para tratar de convencer a su marido de que diera marcha atrás en aquella resolución arbitraria, pero no logró su propósito, y además fue reprendida severamente por deambular por las calles con ropa inapropiada para una señora de su clase. Indignada doblemente, la hermosa joven amenazó a su marido con pasear desnuda a plena luz del día por la ciudad si no accedía a su petición. Leofric, incrédulo, se burló de ella.

Unas horas más tarde, los sirvientes de Lady Godiva clavaron una notificación en la puerta del Ayuntamiento, según la cual la mujer del alcalde ratificaba su intención de cabalgar sin ropa al mediodía del sábado siguiente si no eran reducidos los tributos. Los habitantes de Coventry abrigaron esperanzas al suponer que Leofric, orgulloso como era, no permitiría que su esposa hiciera algo semejante.

Así pues, esperaron que apareciera otro mensaje con buenas noticias, pero llegó la mañana del sábado y nada ocurrió.

Ya cerca de las doce del día, el pueblo se reunió frente al Ayuntamiento y al resultar claro que Lady Godiva habría de cumplir su promesa, la gente decidió marcharse a su casa, cerrar las puertas y cortinas y sentarse de espaldas a la ventana, en respetuosa reciprocidad al gesto de la bella alcaldesa.

De tal suerte, Lady Godiva pudo cabalgar desnuda sin ruborizarse.

Únicamente un sastre llamado Tomás, levantó la cortina de su taller para admirar a la encantadora esposa de Leofric, y por algún motivo sobrenatural, perdió la vista, con lo cual delató su proceder y se le conoció en lo sucesivo como Tomás, el fisgón de Coventry.

Alemania

Parsifal

La *Pascua de Resurrección*, fijada por el Concilio de Nicea en el año 325, misma que tiene verificativo el domingo posterior a la luna llena que sigue al primer equinoccio del año, cae siempre entre el 21 de marzo y el 26 de abril, pudiendo variar en treinta y seis días su situación en el calendario.

Durante la época medieval se fraguó una leyenda, según la cual el cáliz utilizado durante la última cena había sido trasladado a Europa y permanecía custodiado en la fortaleza inexpugnable de Montsalvat, que se levantaba majestuosa sobre una escarpada montaña de los Pirineos. Dicho cáliz, de cristal o de oro puro, se conocía con el nombre de *Santo Grial* (o *Graal*) y un grupo de caballeros que tenían hábitos monacales y guerreros cuidaban de él, así como de la lanza con que Longinos, el centurión romano, abrió la herida mortal en el costado de Jesús cuando éste permanecía en la cruz.

Cada Viernes Santo, los miembros de la orden se reunían en torno al Grial y luego de elevar ardientes plegarias por la abertura de la cúpula bajo la cual se encontraba en una urna el cáliz, descendía una paloma blanca como la nieve y se posaba en el borde del cáliz por unos segundos. Luego volaba de nuevo perdiéndose en el cielo nocturno mientras todos los caballeros se postraban ante la prueba de que Dios los bendecía.

A corta distancia de Montsalvat se alzaba un castillo de piedra negra, cuyo dueño era un hechicero llamado Klingsor, quien era el enemigo principal de las huestes que custodiaban los objetos sagrados, pues planeaba apoderarse de ellos.

Cierto día, Titurel, el soberano de los caballeros del Grial, debido a su edad avanzada, abdicó en favor de su hijo Amfortas, y el nuevo rey, acuciado por el impulso de la juventud, marchó solo hacia el palacio de Klingsor llevando consigo la lanza que utilizara siglos atrás Longinos, para tratar de vencer definitivamente al malvado brujo. Sin embargo, al llegar a los jardines que rodeaban el castillo del mago, el inexperto monarca se encontró con una serie de mujeres muy hermosas, y Kundry, la que sobresalía entre ellas, lo sedujo y le dio a beber un elíxir que provocaba olvido temporal y embriaguez.

Indefenso ya Amfortas, Klingsor lo despojó de la santa lanza, le hizo una herida profunda en el costado y lo echó de su palacio. De tal suerte, el rey de Montsalvat regresó humillado a su hogar y el milagro, que por tantos años se había repetido durante el Viernes Santo, fue interrumpido a causa del error del soberano.

Transcurrieron así varios años, hasta que por medio de los sueños, Dios le comunicó a Amfortas que regresaría y su herida podría cerrarse cuando un valiente e ingenuo joven venciera a Klingsor.

Una tarde corrió en Montsalvat la noticia de que cierto mancebo había dado muerte a uno de los cisnes sagrados que nadaban en los estanques próximos al castillo real y de inmediato lo capturaron unos guardianes; empero, al comprobarse que aquello había ocurrido por accidente, dejaron ir al doncel, no sin antes averiguar que se llamaba Parsifal, originario de Gales, e hijo del difunto Gamuret y de la hermosa reina Herzeloida, y que el propio rey Arturo lo había armado caballero.

Por azar, el forastero arribó a los jardines de Klingsor y también fue objeto de las tentaciones que habían perdido a Amfortas, pero no pudo ser subyugado y entonces el hechicero lo atacó con la lanza prodigiosa, pero el diestro joven cogió el arma al vuelo, hizo con ella la señal de la cruz y luego huyó apresuradamente de aquel lugar. Momentos después se escuchó un trueno ensordecedor y el palacio de Klingsor se hundió en el abismo con todos sus perversos moradores.

Como Parsifal no tenía dónde pasar la noche, volvió a Montsalvat y, al conocerse su hazaña, a los moradores del santo recinto no les quedó duda de que era la persona indicada para sanar la herida de Amfortas, lo cual ocurrió cuando el huésped le dijo al monarca: "¡Esta lanza que te dañó, podrá curarte!", y tocó con la punta del arma la parte enferma. En virtud de aquellas pruebas, Gurnemanz, uno de los caballeros, condujo al joven héroe hasta el presbiterio y lo dejó en el sitial que correspondía al jefe, con la aceptación general.

Casualmente era Viernes Santo y al llevarse a cabo la ceremonia acostumbrada, cuando Parsifal elevó el Grial, del cielo bajó una paloma y se posó sobre el cáliz. Después, el ave se detuvo en la cabeza del nuevo líder, dando a entender que merecía ser coronado rey de Montsalvat. Por último, emprendió el vuelo guiada por una luz divina.

Grecia

El gallo

Afrodita, la más bella entre las diosas del Olimpo, había sido casada a la fuerza con Hefesto, el poco atractivo y cojo herrero divino, y era amante de Ares, el apuesto Señor de la Guerra. Cada vez que su esposo salía a realizar trabajos en otras regiones, aprovechaba la ocasión para engañarlo. Los adúlteros tenían especial cuidado de que Febo —el Sol, quien era muy comunicativo y amigo de Hefesto— no los descubriera, y por ello Alectoor, un noble guerrero de los ejércitos de Ares, se encargaba de avisarles al despuntar el alba. Sin embargo, un mal día en que el vigilante cayó vencido por el sueño, Febo descubrió a los amantes, se lo comunicó al burlado marido y éste preparó una trampa para sorprenderlos.

Hefesto fabricó una finísima y pesada red metálica que colocó astutamente arriba del lecho. Luego, fingió partir nuevamente y al anochecer, cuando Ares y Afrodita yacían en dulce unión, los aprisionó con la malla y convocó a los demás dioses para que se burlaran de la pareja.

El dios belicoso tuvo que pagar una fuerte indemnización para quedar libre y la deidad del amor huyó avergonzada a la isla de Chipre; pero, previamente y en castigo a su descuido, Alectoor (nombre griego derivado del adjetivo que significa: "aquel cuyo canto hace salir de la cama") fue convertido en gallo para que no olvidara en lo sucesivo su tarea. De ahí la similitud del ave con el guerrero helénico, que portaba su casco rematado por un penacho.

La Vía Láctea

Según una versión de la leyenda, mientras Anfitrión peleaba lejos de Tebas, Zeus aprovechó la ocasión para gozar de los favores de Alcmena, la bella esposa del ausente; lo consiguió adoptando la fisonomía del marido y yació con ella tres noches.

Alcmena quedó embarazada, y transcurrido el periodo de gestación, tuvo dificultades para dar a luz. Esto se debió a que Hera, la reina del Olimpo, celosa por la infidelidad de su cónyuge, se valió de un encantamiento para impedir que lo hiciera. Dicho encantamiento consistía en trabar fuertemente los dedos; sin embargo, una criada, llamada Galantis, la descubrió y astutamente gritó: ¡gracias al cielo que la reina acaba de parir!

Hera, sorprendida, deshizo el conjuro y entonces ocurrió el alumbramiento.

La intervención de la fámula le costó que la diosa la transformara en gata.

La mujer de Anfitrión tuvo gemelos: Heracles, por parte de Zeus, e Ificles, gracias al concurso del esposo.

Entonces Hera trató de victimar al semidiós, enviando para ello dos serpientes, pero el robusto bebé las destrozó con sus propias manos.

Al enterarse de la tentativa de infanticidio, el padre de los dioses obligó a su esposa a que amamantara a Heracles, para que al probar la leche divina alcanzara la inmortalidad. De mala gana, Hera dio el pecho al niño, pero éste succionó con tal fuerza que le provocó un agudo dolor y antes de que le arrancara el pezón lo apartó con violencia, formándose de la abundante leche derramada la Vía Láctea.

La soberbia Aracné

La principal actividad de la mayoría de las arañas consiste en su capacidad para tejer sus telas. De ahí que fueran clasificadas como "arácnidos", nombre tomado de la figura mítica de una joven griega llamada Aracné, natural de Lidia (Asia Menor), que era hija del tintorero Idmón.

La doncella había sido alumna de Atenea y llegó a alcanzar tal habilidad en las artes de tejer y bordar, que, ensoberbecida, declaró que nadie podía superarla. Al enterarse de tanta presunción, la diosa de la sabiduría y patrona de las bordadoras e hilanderas, creyó conveniente darle una lección a la engreída muchacha. Para lograr sus fines, se metamorfoseó en anciana, viajó al Asia Menor y, muy cerca de la orilla del mar Egeo, encontró la casa de Aracné. Con gran astucia, Atenea logró llegar hasta la diestra tejedora y al ver sus trabajos alardeó que podría vencerla fácilmente si competían.

Aracné no sólo aceptó, sino que llegó al grado de insultar a su contendiente y entonces Atenea, herida en su amor propio, recuperó su divino aspecto y el concurso dio principio. La deidad estaba segura de salir airosa en la prueba, pero al compararse el tejido de ambas, la hija de Idmón resultó vencedora. Encolerizada, Atenea destruyó la obra de su oponente y ésta, víctima de una desesperación enfermiza, se ahorcó.

Cuando la diosa de la sabiduría recuperó la serenidad, volvió a la vida a su antigua discípula y decidió transformarla en araña, para que pudiera continuar hilando y tejiendo su tela, pero bajo un aspecto repugnante como castigo a su soberbia.

Hermafrodito

Afrodita, la más bella de las diosas del Olimpo, entre sus varios deslices amorosos, le concedió sus favores a Hermes; y de esa unión dio a luz un varoncito, cuyo nombre, resultado de la fusión de los correspondientes a sus progenitores, fue el de Hermafrodito.

Las ninfas lo criaron en los bosques de Ida, en Frigia, y al correr de los años se convirtió en un mancebo de gran apostura que decidió recorrer el mundo.

Cuando se encontraba en Caria, llegó en cierta ocasión a la orilla de un lago y mientras contemplaba sus aguas cristalinas, alcanzó a distinguir en el fondo a una joven de extraordinaria hermosura. Se trataba de la ninfa Salmacis, quien al descubrir a su admirador quedó prendada de él y no tardó en emerger de las olas, acariciada suavemente por la brisa.

Hermafrodito se estremeció al tener frente a sí a la ninfa engalanada con flores acuáticas, portando finos velos que dejaban entrever sus perfecciones; y, sorprendido, la escuchó confesarle su pasión e invitarlo sin rodeos a yacer juntos en dulce unión.

Mientras pronunciaba sus palabras, Salmacis se fue aproximando, voluptuosa, al hijo de Hermes. Estaba a punto de besar sus labios trémulos cuando el sonrojado doncel, aún virgen, desconcertado por experimentar las primeras sensaciones del deseo, huyó apresuradamente. La náyade quedó estática ante la reacción de su amado y no tuvo más remedio que volver, entristecida, al fondo del lago, abrigando una débil esperanza de encontrarse nuevamente con él.

Una tarde calurosa en que Hermafrodito estaba de paso otra vez por Caria, decidió darse un baño para refrescarse, y sin recordar de momento el incidente acaecido tiempo atrás, se dirigió al mismo lago en que moraba la ninfa.

Salmacis, que casi había perdido las esperanzas, vio desnudarse a su adorado mancebo y conteniendo su alegría y deseo, permaneció oculta hasta que Hermafrodito se libró de sus vestidos y se metió en el agua. Súbitamente apareció ella y antes de que pudiera impedírselo, se abrazó a él, lo cubrió de besos y caricias e incitó al sorprendido joven a la cópula.

Hermafrodito trató de resistirse un poco, pero la unión se consumó y la náyade, temerosa de perderlo por segunda ocasión, le rogó a Zeus que nunca pudieran separarse uno del otro. El padre de los dioses escuchó la súplica y tomó la determinación de fundir el cuerpo de ambos en uno solo, dotándolo de los dos sexos.

Las Musas

En sus orígenes, las musas fueron al parecer divinidades de las fuentes, más tarde se convirtieron en diosas de la memoria y, por último, en deidades que presidían las artes liberales y las ciencias.

Originalmente eran veneradas en el Helicón tres de ellas: Melete, Mneme y Aoide. De igual manera, en Sición y en Delfos, formaban una tríada: Nete, Mese e Hípate, pudiendo deducirse que personificaban las cuerdas de la lira.

En Lesbos y Sicilia aumentó su número a siete; los pitagóricos aceptaban ocho y después se generalizó la cifra de nueve.

Acerca de su origen mítico, Hesíodo narra que luego de la derrota de los Titanes, el resto de los dioses rogaron a Zeus que crease divinidades encargadas de contar las hazañas de la victoria olímpica.

Cierto día en que el Tonante (Zeus) se trasladó a Pieria, conoció a Mnemosina (la Memoria) y, prendado de su belleza, la cortejó hasta que obtuvo sus favores y permaneció a su lado nueve noches.

Transcurrido el periodo de gestación, Mnemosina dio a luz nueve hijas, que formaron el coro de las musas cuyos nombres y atributos eran los siguientes: Talía (la que florece), musa de la comedia, estaba representada con una corona de hiedra, el bastón y la máscara cómica en su manos; Clío (la que ensalza), de la historia, traía corona de laurel, la trompeta heroica y la clepsidra; Euterpe (la que alegra), de la música, coronada de flores, tocaba una flauta; Melpómene (la que canta), de la tragedia, llevaba consigo una máscara trágica y la maza de Heracles o un puñal; Terpsícore (la que baila), de la danza, cuyos atributos eran la guirnalda y la lira; Calíope (la de la dulce voz), de la poesía épica, empuñaba el estilo y utilizaba las tabletas; Erato (la adorable), de la poesía erótica o amatoria, iba coronada de mirto y de rosas, la acompañaban dos tórtolas y tañía un laúd; Polimnia (la de los himnos excelsos), la de los cantos sagrados e himnos, se caracterizaba por una actitud meditativa, llevaba cetro y túnica blanca;

y Urania (la celeste), de la astronomía, coronada de estrellas, tenía por símbolos el globo terráqueo y el compás.

Aunque las musas frecuentaban el Olimpo, prefería vivir en el Helicón, montaña elevada de Beocia, cuyas laderas estaban cubiertas de vegetación y tenía fuentes cantarinas, como la Hipocrene, que brotó cuando el caballo Pegaso golpeó el suelo y donde las nueve hermanas acostumbraban refrescarse, después de ejercitar sus artes.

Durante algunas noches solían entonar sus cantos melodiosos ocultas tras las nubes, pero muy pocos hombres eran capaces de percibirlos.

Realizaron un viaje a Fócide y se quedaron un tiempo en el Parnaso, en compañía de Apolo. En dicho lugar existía una fuente denominada Castalia en honor a la ninfa del mismo nombre que se había ahogado en ella al pretender librarse del acoso de Febo, y sus aguas adquirieron el poder mágico de trasmitir la inspiración a quienes las bebieran, por el influjo de las musas.

Las hijas de Mnemosina poseían además el don de la profecía y le enseñaron a Aristeo el arte de la adivinación.

En una ocasión, las descendientes de Piero, rey de Ematia, en Macedonia, se atrevieron a disputarles el premio de poesía y Apolo castigó su atrevimiento, transformándolas en urracas. Algo parecido sucedió con las sirenas, quienes también desafiaron a las musas a un concurso de canto y fueron condenadas a perder las alas.

Por último, se narra que una vez se vieron obligadas a solicitarle hospedaje a Pireneo, rey de Daulis, en Fócide. Dicho monarca, que en un principio se desvivió en atenciones hacia ellas, pretendió violentarlas mientras dormían. Las musas consiguieron salvar el honor haciendo aparecer alas a su cuerpo y echándose a volar y el libidinoso Pireneo murió al caer desde una torre, cuando intentó detenerlas.

El cisne seductor

Existen claros ejemplos en los que afloran las contradicciones entre las verdades científicas y el mundo poético. Por citar alguno, desde la época de Plinio se tenía conocimiento de que el cisne no pertenecía a las aves canoras y, sin embargo, a sus dones de gracia y belleza se añadió el falso atributo de un canto melodioso que era producido en estado agónico.

Aristóteles sostenía que las almas de los cantores se transformaban en cisnes, y según Schneider, los símbolos clásicos del viaje místico hacia el otro mundo son el cisne y el arpa, debido a lo cual el último canto de los músicos y poetas moribundos era acompañado con dicho instrumento musical y fue denominado "canto del cisne".

El rey de las aves acuáticas ha servido además como fuente de inspiración de variados mitos, leyendas y cuentos, entre los que podrían citarse: Lohengrin, historia germánica que se atribuye a Wolfram de Eschenbach y que Richard Wagner se encargó de inmortalizar en la ópera del mismo nombre; "El patito feo", fruto del célebre cuentista danés Hans Christian Andersen, y la fábula griega protagonizada por Zeus y Leda que a continuación les narraré.

Aunque hay una serie de versiones, la más difundida considera que Leda era hija de Testio, rey de Etolia, y de Euritemis, y descendía en línea directa de Deucalión, por Doro.

Cuando Tíndaro fue expulsado de Lacedemonia por su hermanastro Hipocoonte, se refugió en la corte de Testio y al conocer a la hermosa hija de éste, se enamoró de ella. El monarca de Etolia le concedió la mano de Leda y ambos iniciaron una vida conyugal armoniosa.

Cierto día en que la esposa de Tíndaro se encontraba bañándose en la ribera del Eurotas con algunas damas de compañía, Zeus no pudo resistirse a su extraordinaria belleza y, metamorfoseándose en cisne, se dejó llevar por la corriente del río hasta que estuvo cerca de la joven. A Leda le impresionó la blancura reluciente del plumaje y la majestad del ave acuática, y cuando advirtió que saltaba a tierra y mostraba confianza, no dudó en prodigarle caricias.

El dios del trueno, escondido tras aquella fisonomía aprovechó el momento y la desnudez de la recién casada para unirse a ella, y antes de que la mujer se repusiera de su asombro, huyó volando en dirección del Olimpo. Al llegar la noche, Leda, preocupada por el incidente y tratando de evitar un desaguisado a futuro, invitó a su marido a la cópula. La hija de Testio quedó embarazada y, aunque estaba confundida sobre la paternidad, creía haber resuelto el problema del modo señalado. Sin embargo, al llegar el alumbramiento el destino le tenía reservada una sorpresa, pues puso dos huevos en lugar de parir. Al abrirse los respectivos cascarones, nacieron por una parte Pólux y Helena, fruto de la relación con Zeus, y por la otra Cástor y Clitemnestra, a quienes engendrara Tíndaro.

Dicha progenie también alcanzó gran celebridad en la mitología griega, ya que Helena fue causante de la guerra de Troya; Cástor y Pólux, gemelos, participaron en la famosa expedición de Jasón y los Argonautas para conquistar el vellocino de oro; y Clitemnestra cometió adulterio con Egisto, primo suyo, ultimó a Agamenón, su marido, e inspiró, a causa de su proceder, la venganza en ella misma de Orestes, su hijo.

El mito descrito simboliza para algunos la unión esencial entre el ser humano y las fuerzas de la naturaleza. Según otras interpretaciones, alude al encuentro de la noche (personificada por Leda) con el éter luminoso (Zeus bajo la apariencia de cisne).

Eros y Psique

Psique (que en griego significa "alma") era una princesa de gran hermosura que llegó a suscitar los celos de Afrodita, hasta el punto de que ésta encargó a su hijo Eros que buscara la manera de perjudicarla.

Obediente, el dios del amor intervino para que el padre de la joven se enterara por medio de un oráculo, que su reino sufriría terribles desgracias si la doncella no era conducida a la cumbre de una montaña donde la esperaba un monstruo. El afligido monarca aún no decidía qué hacer, cuando Psique fue levantada repentinamente por los brazos de Céfiro (el viento de Occidente) y transportada a un magnífico palacio.

Al anochecer, en el momento en que la joven se disponía a dormir, apareció en la penumbra un ser misterioso que se presentó ante ella como su esposo. Psique se sintió atemorizada pensando que se trataba del monstruo aludido en el oráculo, pero la dulzura de su voz y después el contacto de su piel tersa hicieron que se tranquilizara. Antes del amanecer, el visitante hizo jurar a la absorta princesa que no intentara conocer su identidad y luego se marchó, prometiendo regresar al llegar de nuevo la noche.

Como a Psique no le faltaba nada en el palacio y disfrutaba de las caricias nocturnas de su enigmático marido, aceptó la nueva situación. Sin embargo, un día que la visitaron sus hermanas sembraron la duda en su corazón, al opinar que debía cerciorarse de quién era su esposo, en virtud de que podía tratarse del monstruo anunciado o de un ser contrahecho. La incertidumbre provocó que una noche la joven encendiera una lámpara mientras su cónyuge dormía; maravillada, descubrió que se trataba de Eros en persona y al pie de la cama encontró el arco y el carcaj lleno de flechas que siempre utilizaba.

En su arrobo, la imprudente Psique, que pretendía observar mejor los rasgos del apuesto dios, inclinó la lámpara un poco y cayó una gota de aceite en la espalda del hijo de Afrodita, propiciando que se despertara y se marchase molesto, no sin antes reprocharle el incumplimiento de la promesa e hiciera que se esfumara el palacio.

La princesa, arrepentida, se vio de pronto en la punta de una roca, a merced de los elementos. A tal grado llegó su desesperación que pensó en quitarse la vida. Para ello se arrojó a un río que corría por las cercanías, pero las aguas la condujeron sana y salva a la otra orilla.

Mientras tanto, Afrodita se enteró de que su hijo no había acatado su mandato por haberse enamorado de la joven, y después de localizarla la esclavizó y la obligó a llevar a cabo trabajos humillantes.

No conforme con ello, la deidad del amor encomendó a Psique la realización de empresas muy difíciles en las cuales corrió graves peligros, pero hubo de salir avante gracias a la ayuda oculta de Eros.

Para colmo de males, la linda princesa recibió la orden de bajar a los infiernos y pedirle a Perséfone un cofre cuyo valioso contenido renovaría alguno de los atractivos que había perdido la más bella de las diosas. La voz misteriosa de su marido indicó a Psique la necesidad de que llevara en las manos dos tartas y en la boca un par de monedas. Así, cuando pisó el averno, le dio las monedas a Caronte y una de las tartas al can Cerbero, logrando traspasar la entrada y ser conducida ante Perséfone.

La reina de los infiernos ofreció de comer a la recién llegada, pero prevenida de que no debía aceptar alimento alguno porque corría el riesgo de quedarse en esos dominios si lo hacía, rehusó la cortesía y sentándose en el suelo sació su hambre con la tarta sobrante. Recibió por fin la caja mágica y ya fuera del averno, la curiosidad femenina la impulsó a abrirla, escapando del cofre un vapor soporífero que la hizo caer en tierra aletargada. Eros la despertó y Psique pudo cumplir el encargo.

Después, el hijo de Afrodita rogó a Zeus que convocara al resto de los dioses para juzgar el caso de Psique y casi por unanimidad fue liberada de la esclavitud, se le concedió el don de la divinidad y formalizó su matrimonio con Eros.

La corona de laurel

Actualmente, en nuestro mundo moderno solemos galardonar los triunfos obtenidos en las diferentes áreas del quehacer humano (deportes, ciencia, arte) de manera económica o con objetos alusivos de gran variedad. En cambio, durante las antiguas épocas de florecimiento de Grecia y Roma, el símbolo de victoria o de inspiración era la corona de laurel que se ofrecía a los atletas ganadores, los generales triunfadores y los poetas destacados. Su origen mítico se debe al célebre episodio que protagonizaron Apolo y Dafne.

Según se narra al respecto, después de que Apolo dio muerte a Pitón, el monstruo de cien cabezas que vomitaba llamas y era el terror de los hombres y animales de Tesalia, orgulloso por su hazaña, desafió a Eros, hijo de Ares y Afrodita. Entonces éste, para castigar tal osadía, cogió dos flechas de su aljaba: una, de punta de oro, infundía amor; la otra, de plomo, inspiraba desdén. Buscó al jactancioso descendiente de Zeus, lo flechó con la primera de las saetas y la segunda de ellas la dirigió a Dafne, la bella ninfa hija del río Peneo.

Dicha joven se dedicaba a la cacería y a raíz de la herida producida por la saeta que recibiera, sin advertirlo, despreciaba a quienes la pretendían e imitaba el ejemplo de Artemisa, la diosa casta. Siempre que su padre trataba de convencerla de casarse preferentemente con uno de los moradores del Monte Olimpo, Dafne le hacía recordar la frase de advertencia proferida sobre el particular por las nereidas que visitaban a Prometeo en las tierras rocosas del Cáucaso, y Peneo dejaba de insistir, viendo cada día más lejano su anhelo de tener un nieto. Las palabras invocadas eran:

Que jamás me veáis
compartiendo el lecho de un dios.
Que jamás me pertenezca
el amor que conocen los dioses.
La lucha contra un amante divino no es una lucha,
es la desesperanza.

No había transcurrido mucho tiempo desde que Eros disparó sus flechas cuando un día, mientras Apolo pasaba por aquellos lugares, miró a la ninfa y quedó prendado de ella. Como la doncella estaba cazando, llevaba los brazos desnudos impregnados de polvo y revueltos los cabellos; pero, pese a todo, el hijo de Zeus se preguntaba cómo luciría aquella beldad recién salida del baño, convenientemente vestida y bien peinada, tomando en cuenta que aun en plena acción se mostraba tan fascinante.

La pasión de Apolo creció rápidamente y no pudiendo contenerse más, se lanzó en persecución de la joven. Ella, al verlo decidido a todo, huyó y, como era una magnífica corredora, se mantuvo a salvo durante un rato. Mientras la acosaba, el rubio dios trataba de persuadirla de que se detuviera, pero no lo conseguía, sino que la asustada doncella aceleraba el paso. Instintivamente Dafne avanzó en dirección de su padre el río y ya cerca de él, cuando casi sentía el aliento de Apolo sobre su nuca, a grandes voces le pidió ayuda a Peneo. Tras su llamada de auxilio, un aturdimiento se apoderó de ella y de repente sus pies se arraigaron al suelo, una corteza rodeó su cuerpo y de sus manos empezaron a brotar hojas. Su perseguidor, consternado, fue testigo de la inesperada metamorfosis en la cual su amada se transformó en laurel y, desesperado, abrazó al árbol y lo cubrió de ardientes besos.

Al comprender que había perdido a Dafne, Apolo, que era dios de las artes, la medicina y la poesía, decidió que la frente de los vencedores fuera coronada en lo sucesivo con las hojas del laurel, para alcanzar una unión simbólica cuando se entonaran hermosos cantos, se recitaran poesías bien logradas y se festejaran los triunfos.

Orión

Según uno de los mitos que hay sobre Orión, él era hijo de Poseidón y Eurile. Al llegar a la edad adulta, se distinguió por su gran tamaño, apostura y fuerza. Se dedicó a la caza en la región de Beocia y cierto día que viajó a Hiria, en la isla de Quíos, vio por casualidad a Mérope, hija de Enopio, quien lo era a su vez de Dioniso. Orión pidió en matrimonio a la joven, pero el padre dijo que accedería sólo si el afamado cazador daba muerte a las fieras que infestaban el lugar.

Resignado, el vástago de Poseidón comenzó su labor y cada tarde le llevaba a Mérope las pieles de las bestias que había cazado. Cuando acabó su difícil tarea, Enopio se negó a cumplir su promesa, argumentando que aún se oía en los montes el rugir de las fieras, pero lo cierto era que estaba enamorado de su propia hija. Orión se exasperó ante tal actitud y una noche en que se bebió un odre de vino, enardecido, irrumpió en la habitación de Mérope y la forzó.

Al enterarse Enopio de lo ocurrido, invocó a Dioniso para que le ayudara a vengarse, y éste envió un cortejo de sátiros para que embriagaran otra vez a Orión hasta dejarlo inconsciente. Después lo condujeron hasta la playa y por artes mágicas lo hicieron perder la vista. A pesar de ello, Orión no se dio por vencido y recordó al oráculo que afirmaba que un ciego podía volver a ver si iba al oriente y fijaba sus pupilas en Helios (el Sol), en el punto donde emergía del mar. Así, navegó en una barca hasta llegar a Lemnos, guiándose por el golpeteo de los martillos de los cíclopes. En el taller de Hefesto, el herrero divino, consiguió a un aprendiz para utilizarlo como lazarillo, lo montó en sus hombros y prosiguió su marcha. Al encontrarse en el último confín del mar, Eos (la Aurora) quedó prendada de él y le rogó a Helios, su hermano, que le devolviera la vista al forastero.

El dios solar aceptó. Orión, curado de su ceguera, se unió a la hermosa Eos. Sin embargo, quiso vengarse de Enopio y regresó a buscarlo a Quíos; pero no pudo hallarlo porque Hefesto lo ocultó en una cámara subterránea para salvarlo, a petición de Dioniso, el cual despistó al cazador difundiendo la noticia de que el padre de Mérope estaba en Creta. Orión viajó entonces a dicho lugar pero sólo encontró a Artemisa, quien logró disuadirlo de sus intenciones y le propuso que ambos se dedicaran a la caza.

Cuando Apolo supo que su hermana tenía dicho acompañante, recordó que el fuerte mancebo había yacido con Eos en su sagrada Delos y le solicitó a Gea (la Tierra) que enviara un gran escorpión para matarlo. El arácnido descomunal acosó a Orión y aunque éste se defendía con sus flechas y su puñal, no podía darle fin al monstruo. Consciente de su impotencia, el cazador huyó a nado a Delos con la esperanza de que Eos lo protegiera, pero al notarlo, Apolo urdió un plan malévolo y engañó a Artemisa diciéndole que se trataba de una bestia marina y la incauta deidad hirió de muerte a Orión. Al darse cuenta de su error, la diosa derramó abundantes lágrimas y como último recurso llamó a Asclepios (Esculapio), médico hijo de Apolo para que resucitara a su compañero pero Zeus se opuso. Entonces Artemisa condujo a Orión al cielo, donde es seguido perpetuamente por el escorpión en triste recuerdo del preámbulo de su fin.

En nuestro medio se denomina al trío de estrellas que forman el cinturón del personaje, Los Tres Reyes y los indígenas de Timor consideran que se trata del mismo número de Rajás que persiguen a siete doncellas (Las Pléyades griegas).

Edmund J. Webb señala en su hermosa obra *Los nombres de las estrellas* que "mientras el radiante cazador, en su soberbia, persigue a las presas a través del cielo, las grandes bestias tienen cuidado de no acercársele, pero cuando las pinzas de El Escorpión aparecen sobre el horizonte, Orión se oculta humillado mientras el León y la Osa se elevan triunfalmente".

Para quienes desconocían la historia sobre Orión, al levantar la vista hacia la oscura bóveda celeste descubrirán fácilmente la figura del cazador pues es de las constelaciones que hasta la indolente imaginación de los adultos puede reconocer.

Los vientos

Los poetas antiguos representaron a los vientos como fieros gigantes inquietos y veleidosos, y según la mitología clásica sus exponentes más característicos eran: Bóreas o Aquilón, el viento del septentrión (representado bajo el aspecto de un hombre vigoroso); Céfiro o Favonio, el viento del poniente (un joven apuesto), cuyo soplo suave y benéfico trasmitía vida a la naturaleza; Noto o Austro, el viento caliente y tormentoso del mediodía, y Euro, el viento del oriente (mozo alado e hijo predilecto de la Aurora que acostumbraba volar con los caballos de su madre), sembraba flores a su paso y era emisario de la salida del Sol.

Acerca de Bóreas se narra que habitaba en las montañas de la inhóspita Tracia y a dicho lugar fue a buscarlo Iris para encender la pira de Patroclo. Cierto día, el viento del septentrión raptó a Oritia, hija de Erecteo, mientras éste se encontraba a orillas del Iliso. De la unión de ambos nacieron varios personajes célebres, entre los que se cuentan: Quíone, amada de Poseidón; Cleopatra, quien casó con Fineas y los gemelos Cetes y Calais, a los cuales se les denominó los Boréadas. Estos últimos tomaron parte en la famosa expedición de los Argonautas, combatieron victoriosamente a las Harpías y luego de ser víctimas de las flechas de Heracles fueron conocidos bajo el nombre de Pródomos al ser transformados en los vientos del nordeste y preceder, en su carrera, a la canícula, periodo en el que la temperatura aumenta significativamente. Los atenienses sentían devoción especial por Bóreas, en virtud de que él dispersó a la flota de Jerjes, cuando se desencadenaron las guerras médicas.

En lo que alude a Céfiro, compañero habitual de Bóreas, no fue originalmente el hálito suave y benéfico a cuyo soplo se abrían las flores durante la primera, sino un viento impetuoso y funesto que provocaba tempestades y agitaba el mar. Residía también en Tracia y de su enlace con la ninfa Poderga vieron la luz los caballos Janto y Balio, que tiraban del carro de

Aquiles. Al paso del tiempo mejoró a tal grado el carácter de Céfiro, que se convirtió en un viento oloroso que refrescaba las regiones del Elíseo.

Sobre Noto y Euro, hijos de Eos (La Aurora) y de Astreo (el Cielo Estrellado) al igual que Bóreas y Céfiro, se ha rescatado muy poca información. En cambio, gracias a *La Odisea* y a *La Eneida* pudimos conocer a otro personaje vinculado a esta temática: Eolo ("El Veloz"), guardián de los vientos que descendía de Poseidón y Arne.

Tras una juventud pletórica de aventuras, Eolo conoció a Giane, hija del rey Líparo, y la hizo su esposa. A Eolo se le atribuía la invención de las velas para los navíos y Zeus le encomendó la tarea de vigilar sobre los vientos. Vivía en Eolia y se le representó empuñando un cetro (símbolo de autoridad), rodeado de los vientos. Por citar algunos pasajes en los cuales intervino, debe recordarse que Ulises acudió a él para obtener una navegación feliz y Juno imploró su ayuda con el fin de dispersar la flota de los troyanos e impedir el desembarco de Eneas en Italia.

Pandora

Aunque se pueden notar diferencias en las versiones de la mitología griega que abordan el tema de Pandora, la estructura de la historia prevalece. De tal manera, Hesíodo narra que durante el reinado de Cronos regía un acuerdo entre dioses y hombres, por medio del cual las comidas e inclusive las asambleas se hacían en común. Posteriormente, cuando los Olímpicos predominaron, Zeus decidió imponer a los humanos la supremacía divina y así en Mecone (la futura Sición), hubo de celebrarse una junta para determinar la parte de las víctimas sacrificadas que correspondería en delante a los dioses.

Prometeo, el más célebre de los Titanes, quien estaba dotado de gran ingenio, fue encargado de la distribución, y sacrificó para tal fin dos bueyes. Introdujo en la piel de uno de ellos la carne de los animales y con la del otro sólo cubrió los huesos. Después ofrendó al padre de los dioses ambos presentes rogándole que escogiera y Zeus cayó en el engaño, al seleccionar el segundo lote. Entonces el dios del trueno se indignó a tal punto, que en castigo decidió no dar a los hombres el fuego que podía serles de mucha utilidad. Ante esa determinación Prometeo se trasladó a la isla de Lemnos, donde Hefesto tenía su fragua, robó una partícula del fuego divino, la guardó en una caña y la trajo a los humanos.

Zeus montó en cólera otra vez y, cuando se hubo serenado, le ordenó a su hijo Hefesto que formara, con barro amasado en agua, una mujer de extraordinaria hermosura y le infundiera vida. Después convenció a las divinidades del Olimpo de que colmaran de regalos a la nueva criatura y por tal motivo fue llamada Pandora (mujer ''de todos los dones''). Sin embargo, Hermes encerró en el corazón de la joven la perfidia y las palabras engañosas.

Finalmente, el padre de los dioses envió a la mujer como presente a Epimeteo, hermano de quien había hurtado el fuego para los hombres. Así, cuando Prometeo supo de quién venía el obsequio, le recomendó a su hermano no aceptarlo, pero Epimeteo, seducido por la belleza de Pandora, la tomó por esposa.

Desde su llegada, la enigmática doncella llevaba consigo un gran vaso con tapa, regalo de Zeus, al cual se le ha nombrado impropiamente "caja de Pandora" con el paso de los siglos. El Tonante le había advertido con mala intención a la mujer que no pretendiera descubrir el contenido del cáliz, pues de hacerlo sucedería algo terrible, y aunque la recién casada observó la indicación en un principio, su curiosidad imperó y levantó ligeramente la tapa. De inmediato escapó una densa humareda y un gran número de espectros se dibujaron en las tinieblas que invadían al Mundo y oscurecían el Sol. Se trataba de todas las enfermedades, los dolores, las fealdades, los vicios, el hambre, las querellas y calamidades que azotaron a partir de ese día infausto al género humano. Pandora, arrepentida, trató de cerrar el vaso, pero su reacción fue tardía y la mala pasada de Zeus se consumó.

A pesar de ello, cuando las espirales de humo se esfumaron en el aire y pareció no quedar nada en el cáliz, la hermosa mujer de Epimeteo miró al interior y vio sorprendida el fantasma de un gracioso pajarillo de alas tornasoladas que no pudo echar a volar. Era la Esperanza, única forma de consuelo que se reservó a los mortales para aliviar sus desventuras.

Las cuatro estaciones

Las cuatro estaciones del año han sido asociadas a menudo con los ciclos de la vida del hombre y desde el punto de vista alegórico se las ha representado por genios o figuras femeninas acompañadas de diversos atributos: la Primavera, con una guirnalda de flores, junto a un arbusto frondoso; el Verano, con una corona de espigas, llevando un haz de las mismas en una mano (o bien el cuerno de la abundancia) y en la otra una hoz; el Otoño, con un cesto de frutas y racimos de uvas; y el Invierno, con la cabeza descubierta y al fondo, árboles sin hojas.

Luego de analizar las diversas mitologías del planeta, podemos advertir que son abundantes las historias alusivas a todas y cada una de las partes en que está dividido el año, y según mi parecer destaca entre ellas la leyenda sobre el rapto de Perséfone. Se narra al respecto que, cierto día, Perséfone se encontraba con sus amigas en un prado de Nisa cortando flores cuando vio frente a ella un narciso de singular atractivo. Al agacharse para cogerlo, la tierra se abrió de repente y Hades, el señor de los Avernos, la arrastró a las profundidades de su morada subterránea.

Deméter, diosa de la agricultura que recorría casualmente aquellos parajes, escuchó los gritos desesperados de Perséfone, quien era su hija, y aunque la buscó afanosamente, no la halló. Por fin, siguiendo una indicación de Hécate, consultó a Helio. Éste le reveló la identidad del raptor y además la participación de Zeus en el atentado.

Entonces Deméter, irritada e impotente, decidió abandonar el Olimpo como actitud de protesta y se fue a vagar sin rumbo fijo. Al llegar a Eleusis, fatigada, se sentó en las gradas del palacio de Celeo, el prudente rey del país, y cuando la vieron las hijas del monarca platicaron amablemente con ella y la interrogaron sobre su origen. Deméter inventó que luego de ser raptada por unos piratas cretenses, éstos la habían abandonado en esas tierras y añadió que le encantaría servir en calidad de criada o de nodriza. Las bondadosas princesas recomendaron a su padre que aceptara a la diosa como nana de su hermano Demofonte y el rey lo hizo.

La deidad se encargó pues de criar al pequeño y le cobró tal cariño que resolvió trasmitirle la inmortalidad. Para ello le untaba el cuerpecito a diario con ambrosía, lo enterraba al anochecer en los rescoldos del fuego y, en lugar de alimentarlo, se limitaba a soplar ligeramente sobre él. De este modo, el niño creció como si fuese un dios y sus padres, maravillados, trataron de averiguar el motivo.

Metanira, esposa de Celeo, espió a la nodriza y la sorprendió en el preciso instante en que colocaba al menor entre las brasas, ante lo cual no pudo reprimir un grito de espanto. Deméter al sentirse descubierta, encolerizada, se mostró en toda su divina majestad, le explicó a la reina la causa de su proceder, se negó a seguir el proceso purificador, y antes de marcharse ordenó que fuera levantado en Eleusis un templo destinado a celebrar sus misterios.

Al despedirse de quienes la habían acogido de manera tan hospitalaria, le ofreció a Triptólemo, hijo mayor de Celeo, el primer grano de trigo, le enseñó también a uncir los bueyes al arado y a esparcir por los campos las semillas. Finalmente, le obsequió un carro tirado por dragones alados para que recorriese la Tierra y enseñara a los hombres los beneficios de la agricultura. Triptólemo viajó por toda Grecia, fundó varias ciudades y no sólo cumplió su cometido sino que reveló los secretos para la elaboración del pan. Pues bien, una vez que Deméter salió de Eleusis, se detuvo en el palacio de Pelasgo, situado en Argos, y posteriormente hizo alto en el de Filato, a quien ofrendó como dádiva el olivo, por las atenciones que le había dispensado.

En el Ática la recibió Misme, pero Ascábalo, el hijo de ésta, se mofó de ella y la deidad lo castigó transformándolo en lagarto.

La tristeza de la diosa por haber perdido a su hija se acentuó al paso del tiempo y un día nefasto dispuso que las semillas no germinaran. La humanidad comenzó a padecer un hambre atroz y entonces Zeus trató de remediar la situación. Envió a Iris para que disuadiera a Deméter, pero no lo consiguió.

Otros dioses intentaron lo mismo, pero fue inútil: la deidad insistió en que la Tierra no daría frutos hasta que volviera a ver a su hija. Zeus hubo de ceder y ordenó a Hermes que descendiera a los avernos y le rogase a Hades que permitiera el regreso de Perséfone.

El hermano del padre de los dioses accedió con resignación aparente y Deméter pudo entrevistarse con Perséfone. Sin embargo, ésta no pudo quedarse a su lado porque había comido unos granos de granada (símbolo del matrimonio, que hacía indisoluble la unión de los esposos) en la mansión de las sombras. Para evitar un nuevo desaguisado, Zeus resolvió que Perséfone viviera con su esposo una tercera parte del año y los dos tercios restantes en compañía de su madre.

Deméter levantó parcialmente el castigo y así las tierras recuperaron su fertilidad, pero sólo durante la época en que Perséfone moraba en la superficie, pues el resto del año la tristeza de la diosa agrícola se hacía patente y las flores se marchitaban, los árboles perdían sus hojas y el frío vestía de luto al planeta entero.

Para conmemorar la desaparición y el subsiguiente retorno de Perséfone, se realizaban en Grecia fiestas muy importantes. De tal suerte, en las llamadas *Tesmoforias,* que eran celebradas en el Ática en el mes de octubre, se evocaba la marcha de Perséfone a los infiernos y el retorno de la diosa se conmemoraba en las *Pequeñas Eleusinas*, llevadas a cabo durante el mes de febrero. Además, cada cinco años se solemnizaban las Grandes Eleusinas en Atenas y Eleusis, mediante las cuales se conmemoraba la leyenda referida y se hacía meditación sobre el más allá. Prueba de ello es que, en Eleusis, los ritos secretos tenían lugar durante las "noches místicas" y comprendían una marcha con antorchas que simbolizaba un viaje por el mundo de los muertos. La última noche de los misterios se denominaba *epopteia* ("visión") y en cierto momento el hierofante anunciaba que Perséfone había engendrado un hijo, símbolo de resurrección y nacimiento, al tiempo que un fuego brillante disipaba la oscuridad.

Este tipo de celebraciones se llevaron a cabo hasta que, en el año 395 de nuestra era, Teodosio pudo suprimirlas junto con otros ritos paganos, pues para aquel entonces un gran número de griegos habían adoptado ya el cristianismo por religión, que ofrecía a todos los creyentes (y no únicamente a los iniciados) la posibilidad de participar en los ritos y aspirar a una vida eterna.

Las amazonas

El río de América del Sur denominado Amazonas, que nace en los Andes de Perú y atraviesa la República Federativa de Brasil, es considerado el más caudaloso del mundo y tiene una longitud de 6 500 km. Cuando en 1542 Francisco de Orellana recorrió su curso, le asignó el nombre que ostenta, porque dijo haber encontrado en sus márgenes mujeres guerreras, las cuales lo hicieron evocar a las protagonistas de uno de los trabajos de Heracles.

Según la mitología griega, las amazonas constituían un pueblo oriundo de la región del Cáucaso, que se estableció en Capadocia, a orillas del Termodonte. En dicho país estaban excluidos los hombres por lo que sus belicosas moradoras, para perpetuar su estirpe, se trasladaban una vez al año al territorio de los gargareos, quienes eran vecinos suyos, con el fin de unirse a los varones. De los frutos obtenidos de esos encuentros, únicamente conservaban a las niñas, quienes eran adiestradas para la caza y la guerra desde tierna edad.

La diosa principal de las amazonas era la Artemisa de Éfeso y manejaban con destreza el arco y la flecha, el hacha y la clava, además de ser admirables jinetes. Se les atribuía la fundación de varias ciudades, entre las que destacaban Esmirna, Éfeso, Cime, Mirina y Pafos. Tomaron parte en variados episodios míticos, y como ya anticipaba, Heracles hubo de enfrentárseles para llevar a cabo el noveno trabajo que le encomendó Euristeo, monarca de Micenas.

La empresa consistía en apoderarse del cinturón de Hipólita, la reina de las amazonas, a quien Ares le había dado tan magnífico presente como símbolo del poder, en virtud de que Admete, la envidiosa hija de Euristeo, anhelaba el ceñidor. Para lograr dicho propósito, Heracles se embarcó en compañía de un grupo de héroes, entre los que estaban Teseo, Telamón y Peleo. Durante la travesía hicieron escala en paros y el hijo de Zeus demostró su fuerza descomunal con los orgullosos descendientes de Minos. Después pisaron tierra de los mariandinos y Heracles ayudó al rey Lico a vencer a los bébrices, motivo por el cual se construyó, en recuerdo de tal hazaña, la ciudad de Heraclea del Ponto. Arribaron por último a la desembocadura del Termodonte y, para sorpresa de los viajeros, Hipólita fue a darles la bienvenida, e impresionada por el musculoso cuerpo varonil de Heracles le ofreció darle el cinturón a cambio de una sesión de amores.

Cuando todo parecía indicar que se llegaría a dicho arreglo, Hera, la eterna enemiga del semidiós, se disfrazó de amazona y corrió la falsa voz de que los forasteros pretendían raptar a Hipólita. Las guerreras dispusieron entonces un ejército en contra de los intrusos y Heracles, al suponer que había sido engañado, dio muerte a la pobre reina, obtuvo el ceñidor, repelió el ataque causando bajas numerosas y escapó con la ayuda de sus amigos.

En otro capítulo de la Grecia legendaria, las amazonas acudieron en socorro de las huestes de Héctor durante la guerra de Troya y en una de esas batallas Pentesilea, su soberana de aquellos tiempos, fue víctima de Aquiles.

Ramillete de leyendas

Dado que existe una gran variedad de leyendas griegas alusivas a las flores, les expondré algunas de ellas.

El *narciso,* planta amarilidácea ornamental, debe su nombre a un joven y atractivo pastor hijo del río Cefiso y de la ninfa Liríope, que orgulloso de su apostura se mostraba insensible al amor de todas las doncellas.

La hermosa ninfa Eco quedó prendada de él, pero al correr la misma suerte que las demás, huyó a las montañas a esconder su pesadumbre. Enfermó de tal manera que su cuerpo se adelgazó hasta desaparecer, la sangre de sus venas se evaporó, sus huesos se convirtieron en rocas y su voz fue a ocultarse en lo más hondo de las grutas, donde aún responde, aunque de manera triste y lejana, si se le llama claramente.

Eros, el dios del amor, decidió castigar entonces al presuntuoso Narciso y cierto día que éste se inclinó sobre un estanque cristalino le disparó una flecha e hizo que se enamorara de su propia imagen reflejada en el agua.

A partir de ese momento, el arrogante pastor permaneció largas horas ante el espejo que el agua le ofrecía, hasta morir de inanición. De sus despojos brotó la pálida y melancólica flor de delicado aroma que hoy conocemos.

El *jacinto,* planta de la familia de las liliáceas, también debe su nombre a un joven hermoso a quien el mismo Apolo amó profundamente. Céfiro, el viento del oeste, sentía asimismo gran atracción por aquel mancebo, pero como éste prefería al rubio dios solar, comenzó a experimentar unos celos terribles. Debido a eso, cuando Apolo y Jacinto se dedicaban a competir en el lanzamiento del disco, Céfiro intervenía y con un fuerte soplido se encargaba de que el tejo impulsado por el rubio hijo de Zeus retrocediera, brindándole así ayuda a su admirado doncel.

Cierto día infausto en que se repitió dicho proceder, el viento del oeste provocó una ráfaga tal que el disco, al desviarse, le pegó accidentalmente a Jacinto en la sien provocándole la muerte. Apolo intentó volverlo a la vida, pero al no conseguirlo, decidió transformarlo en una hermosa flor.

La *anémona*, que es una planta ranunculácea, de flores grandes y vistosas, dio tema a una leyenda en la cual Céfiro participa nuevamente. De acuerdo con ella, el viento del oeste, que estaba casado con Cloris (Flora), se enamoró de la bella ninfa Anémona y luego de cortejarla durante un tiempo, ganó su cariño. Cuando Cloris se enteró de aquel romance secreto, resolvió expulsar a la joven del reino, pero Céfiro le rogó a Afrodita que metamorfoseara a su amada en flor y la deidad del amor, compadecida, lo hizo.

Sin embargo, el voluble Céfiro olvidó pronto a la pobre Anémona y al enterarse de que Bóreas, el viento del norte, la deseaba, se la cedió. La ninfa, bajo el aspecto de flor, no correspondió al cariño de Bóreas, y éste, irritado, sopló entonces con todas sus fuerzas sobre ella hasta arrancarle los pétalos, lo cual simboliza un fenómeno natural que ocurre año con año.

Además de la leyenda anterior sobre la *anémona*, que ha dado pie a llamarla "flor del viento" (ánemos es "viento", en griego) y a convertirla en símbolo de la belleza pasajera, existe un mito clásico que ofrece una versión diferente acerca de la creación de esta planta herbácea.

Según se cuenta, Esmirna, una hermosísima mujer, llegó a vanagloriarse de que superaba en belleza a la misma Afrodita y ésta, en castigo, sembró en el corazón de la mortal una pasión incestuosa por Ciniras, su progenitor, que la empujó a entrar de manera furtiva en el lecho paterno luego de haberlo embriagado.

Fruto de aquella unión fue Adonis y, cuando Ciniras supo que el niño era su hijo y su nieto a la vez, intentó matar a Esmirna, pero Afrodita la convirtió en árbol de mirra, puso a salvo al bebé en un cofre, se lo llevó a Perséfone, reina de los avernos, le pidió que lo guardara y le advirtió que no lo abriera. Sin embargo, la curiosidad femenina propició que la diosa infernal levantara la tapa y el hermoso niño la cautivó.

Ya convertido en un apuesto mancebo, Afrodita reclamó a Adonis, pero Perséfone se negó en principio a entregárselo, hasta que convinieron en que cada una disfrutaría de su compañía parte del año.

Adonis y Afrodita se enamoraron y entonces Ares, el dios de la guerra, que también había sido amante de la bella deidad, experimentó unos celos terribles y planeó vengarse. Así, una mañana en que Adonis salió de caza, Ares adoptó la forma de jabalí y sorprendiendo a su víctima le dio muerte al clavarle los afilados colmillos y de la sangre que corrió por el prado nacieron las anémonas (únicamente las rojas, según intuyo por lógica, pues existen otras variedades de colores que no vendrían al caso).

Otra leyenda griega se refiere a la *flor del almendro*, el árbol rosáceo que produce también los apreciados frutos.

Se narra que Filis, princesa de Tracia, amaba intensamente a Acamas, hijo del gran héroe Teseo. Acamas partió a combatir en la guerra de Troya y cuando capituló esa ciudad, Filis paseaba todos los días a la orilla del mar con la esperanza de que su amado retornara en la flota ateniense. Desgraciadamente, las semanas transcurrieron sin que el anhelado regreso se llevara a cabo y la pobre doncella expiró de aflicción. Conmovida, la diosa Atenea la metamorfoseó en almendro.

Meses después, volvió finalmente Acamas y al enterarse del suceso fatal, se arrodilló ante el almendro y le pidió perdón por no haber regresado antes. De pronto el árbol se cubrió de flores y de este modo Filis le comunicó que su amor perduraba más allá de la muerte.

Hay asimismo una planta ranunculácea de flores terminadas en pico que encierran un célebre episodio de la *Ilíada: la espuela de caballero.*

Durante la guerra de Troya, le correspondió a Ayax, hijo de Telamón, rey de Salamina, pelear contra Héctor, el más aguerrido defensor de Ilión. La lid terminó empatada y los contendientes realizaron intercambio de presentes, recibiendo Ayax una espada que a la postre resultaría funesta para él.

Cuando murió Aquiles, el hijo de Telamón y Odiseo se disputaron el derecho de llevar las armas del héroe y la elocuencia del soberano de Itaca le valió el triunfo. Al verse derrotado, Ayax enloqueció de rabia y en estado de delirio recorrió el campamento griego durante la noche y degolló los rebaños que pacían alrededor de las tiendas, creyendo ultimar a Odiseo, Menelao y Agamenón.

Al volver en sí, ante las burlas de los soldados, el valiente guerrero se quitó la vida con el arma que Héctor le había regalado. Su sangre fecundó la tierra y brotó la flor denominada espuela de caballero que representó desde entonces la guerra.

Por último, quiero agregar que en lo tocante a las *rosas*, existen varias leyendas alusivas. Una de ellas refiere que, cierto día, mientras Dioniso (Baco) deambulaba por un bosque, descubrió a una ninfa de gran atractivo y ni tardo ni perezoso se lanzó en su persecución.

La habilidosa jovencita logró evadirlo hasta que se atoró en un rosal y cuando el dios del vino le reveló su identidad, la ninfa se sonrojó y accedió más tarde a sus reclamos amorosos. En agradecimiento por haber detenido a la real moza, Dioniso dispuso que las flores blancas del arbusto cobraran el color de las mejillas de la ninfa.

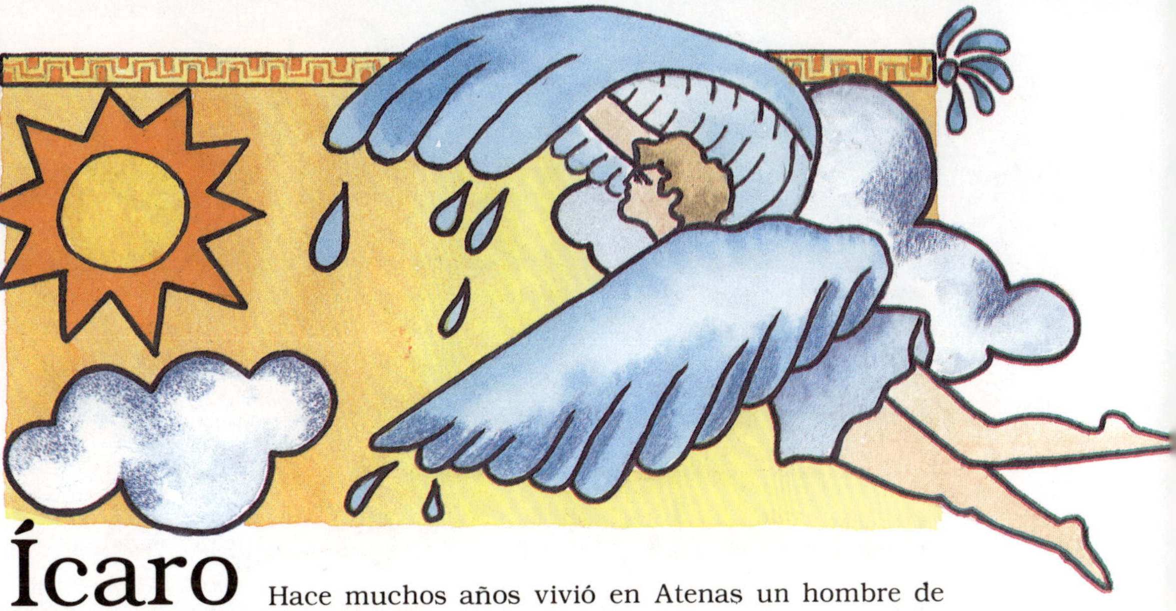

Ícaro

Hace muchos años vivió en Atenas un hombre de gran ingenio llamado Dédalo, que se hizo célebre como arquitecto, escultor, artífice e inventor. Enseñó a los navegantes a utilizar la vela, inventó la regla, erigió edificios magníficos y realizó estatuas portentosas que parecían tener vida. Todo ello le valió el reconocimiento general, pero no se sentía completamente satisfecho, pues Talos, joven muy inteligente, quien era sobrino suyo, había enseñado a los atenienses la alfarería, creó la sierra y otros utensilios importantes.

Dédalo experimentaba una envidia intensa y cierto día infausto en que ambos se encontraban solos en la Acrópolis, empujó al vacío a Talos, suponiendo que su crimen no sería descubierto. Empero las sospechas recayeron sobre él y como castigo fue desterrado a Creta, donde el rey Minos le ofreció asilo, a cambio de que diseñara una cárcel para mantener cautivo al Minotauro, criatura con cuerpo de hombre y cabeza de toro que devastaba ese país.

Dédalo construyó entonces el famoso laberinto, cuyos innumerables corredores y engañosas galerías impedían al que entraba en él localizar de nuevo la salida, reservando la parte central para el monstruo. Durante varios años, el Minotauro dio cuenta de mancebos y doncellas que exigía en sacrificio hasta que Teseo logró matarlo y abandonar la intrincada construcción gracias al hilo de Ariadna.

Minos, al enterarse, montó en cólera, le reclamó a Dédalo el haber realizado una obra imperfecta y resolvió encerrarlo, como castigo, en el propio laberinto en compañía de Ícaro, quien era su hijo. El astuto inventor ateniense no se resignó a su destino, y al comprender que el único modo de escapar era volando, confeccionó para él y su vástago dos pares de alas con plumas ligeras que tejió con hilo y unió mediante cera.

Luego de algunas pruebas, ambos se colocaron el plumaje y huyeron por los aires. Triunfantes, dejaron atrás las islas de Samos, Delos y Pharos. De repente, envalentonado y creyéndose muy diestro ya en el arte de volar, Ícaro comenzó a elevarse hasta las regiones más altas de la bóveda celeste, a pesar de que Dédalo le había advertido que no se acercara al Sol, porque el calor podía derretir la cera que unía las plumas de sus alas. El joven no lo escuchó, ocurrió el percance y pagó con la muerte su necedad.

El apesadumbrado inventor descendió en una isla cercana y luego de que el mar le devolvió el cadáver de su hijo, lo sepultó en aquel lugar, el cual en recuerdo de ese trágico suceso se llamó en adelante Icaria.

La celosa Hera

Hera, hermana y esposa de Zeus, es la protectora de los matrimonios, pero el suyo no es un dechado de perfección y sus conflictos con su marido son continuos. Hera es una diosa celosa, violenta y vengativa.

Sobre esta conocida deidad, una versión narra que sus padres fueron Cronos (el Tiempo) y Rea (la Tierra) y que nació en la isla de Samos, a orillas del río Imbraso. Su infancia transcurrió en la isla de Eubea, donde la criaron las Horas (Talo, Carpo y Auxo, asociadas a las estaciones del año) y cuando alcanzó la juventud, Zeus, prendado de ella, intentó conquistarla sin éxito en un principio.

Poco después, el dios del rayo urdió una estratagema para lograr sus propósitos: se metamorfoseó en cuclillo un crudo día invernal y, aproximándose a Hera, fingió que moría de frío. Compadecida, la joven reanimó al ave apretándola contra su pecho y Zeus aprovechó el momento para recobrar su propia figura e intentó violentarla. La deidad opuso resistencia, pero cedió al fin, bajo la condición de que Zeus le garantizara matrimonio.

Se concertó la boda y a ella asistieron todos los dioses, los hombres, e incluso los animales. Quelonea, una doncella que llegó tarde a la ceremonia, fue transformada, como castigo, en tortuga. Entre los regalos que le dieron a los contrayentes destacó el de Rea, consistente en un árbol que daba manzanas de oro, cuya custodia se confió a las Hespérides (ninfas, hijas de Efebo y de la Noche). La noche de bodas de la pareja divina duró trescientos años y procrearon a Hebe (diosa de la juventud), Ilitia (invocada en los dolores del alumbramiento), Ares (señor de la guerra) y a Hefesto (el herrero).

Comparada con Zeus, Hera resultó modelo de fidelidad. Además podía recobrar su virginidad, luego de bañarse en las aguas prodigiosas de la fuente Cánato, de Nauplia. En cierto momento, los deslices amorosos de su marido provocaron que la diosa, ofendida, abandonara el Olimpo y se reintegrara a la isla de Eubea. Para conseguir que volviera, Zeus utilizó una treta divertida: cubrió con un velo una estatua y ordenó que fuera paseada en una cuadriga, simulando que tenía ya sustituta para el trono. Hera, lacerada en su orgullo, llegó hasta el carro, desgarró las vestiduras de quien creía su rival y, al comprobar la artimaña del Tonante, sonrió y aceptó retornar a las mansiones divinas.

Sin embargo, esa reconciliación no trajo la armonía a la pareja y continuaron las desavenencias.

Hera consideró ultrajante que Zeus hubiese engendrado él solo a Atenea, e invocó al Cielo, la Tierra y los Titanes para que le concedieran la gracia de dar a luz, sin concurso de varón, un hijo. Sus deseos fueron escuchados, pero sólo pudo dar vida al espantoso Tifón, azote de los mortales.

Al paso de los años, el rencor de la diosa ante la conducta descarada de su esposo creció a tal punto que le agrió el carácter y persiguió implacablemente a sus rivales y a los vástagos surgidos de las relaciones adulterinas.

Cabe destacar, finalmente, que jamás perdonó al troyano Paris la preferencia de que hizo objeto a Afrodita en perjuicio suyo, cuando se realizó el famoso juicio de las tres diosas en el Monte Ida y su ira se aplacó únicamente con la caída de Ilión.

Debido a lo narrado, los poetas describieron a Hera celosa y vengativa, representándola como una bella matrona de porte majestuoso, que viste una túnica, lleva diadema y está rodeada de la paloma, el milano, el pavo real, el cuclillo y la corneja.

Faetón

Entre las múltiples leyendas alusivas al astro rey que se fraguaron en la Antigüedad, destaca la historia griega del joven Faetón (nombre que significa *el resplandeciente*), quien era hijo de Helios (el Sol) y de Clímene, una simple mortal. Según esa historia, cierto día Faetón tuvo un altercado con Épafo y en el calor de la disputa, éste le señaló a Faetón que no era hijo del Sol, como afirmaba. Esa tarde, cuando el vástago de Helios llegó a su casa con un ojo amoratado, le narró a su madre lo sucedido y Clímene al advertir que la duda sobre la paternidad lo atormentaba, decidió sugerirle que, para esclarecer la verdad, marchara hasta el borde del mundo, sitio donde el dios solar descansaba noche a noche.

Faetón estuvo de acuerdo, realizó los preparativos necesarios y al día siguiente inició un largo viaje que lo llevó a través de Grecia, Persia e India. Llegó por fin hasta el pie de una montaña elevada y al ver que un intenso resplandor la rodeaba, esperanzado la escaló al suponer que hallaría tras ella el áureo palacio de su padre. Luego de una penosa ascensión, alcanzó la cima y divisó emocionado a corta distancia la regia morada de Helios, con sus paredes de oro, torres diamantinas y doce pesadas puertas que estaban hechas de plata.

Cegado por la luz brillante del palacio, traspuso con paso incierto el umbral y cuando sus ojos se acostumbraron a la luz, se encontró en medio de una gran estancia a cuyo término se alzaba un trono refulgente, sobre el que Helios estaba sentado con porte majestuoso. El Día, el Mes, el Año y las Cuatro Estaciones, quienes eran asistentes del dios, invitaron al recién llegado a que se aproximara y poco tiempo después, hubo de conocerse el motivo de la visita.

Helios prometió entonces concederle cualquier capricho a Faetón, en prueba de que sí era su padre y el imprudente doncel quiso guiar por una jornada el carro solar, mismo que era tirado por briosos corceles resplandecientes. Aunque el dios intentó convencer a su hijo de que aquella empresa era muy peligrosa, el joven se obstinó en llevarla a cabo y al amanecer empuñó las riendas y salió a gran velocidad sin escuchar los consejos que su padre se afanaba en darle para conducir el vehículo.

Apenas había avanzado un trecho de la bóveda celeste, los impetuosos corceles se desviaron del camino acostumbrado al no sentir la mano firme de su amo y empezaron a subir tanto, que la temperatura bajó de modo drástico en la Tierra, provocando alarma general. Faetón les propinó varios latigazos a los cuadrúpedos desbocados para que regresaran a la senda correcta, pero se excedió en el remedio y la cuadriga descendió más allá de lo usual, provocando que los etíopes tomaran el tinte negro que aún conservan y las regiones septentrionales de África perdiesen su vegetación para siempre.

La humanidad entera rogó a Zeus que pusiera fin a la situación y el padre de los dioses decidió ultimar al hijo de Helios mediante uno de sus rayos infalibles. Faetón cayó sin vida sobre las aguas del Erídano y los fatigados caballos, al no sentir ya la tensión de las riendas, reencontraron por fin el camino que seguían a diario.

Roma

Jano

Alegóricamente se ha representado al mes que abre el año, por una figura descansando junto al fuego, o bien mediante una escena según la cual se recoge leña en el bosque. Enero corresponde al *Januarius* romano, proveniente del latín *janua*, cuyo significado es el de puerta, y la deidad relacionada con dicha fracción del año es Jano, que tiene la peculiaridad de no presentar antecedentes helénicos. Según las leyendas, Jano era natural de Tesalia y fue el rey más antiguo del Lacio. Cuando llegó a las orillas del río Tíber advirtió que los habitantes de aquellos lugares vivían de manera salvaje, sin religión ni leyes. Decidió entonces agruparlos, formó ciudades, suavizó la brutalidad de sus costumbres y estableció códigos morales y jurídicos.

Luego de la batalla entre Júpiter y Saturno, en la cual este último resultó perdedor y expulsado del cielo, Jano le ofreció hospitalidad y además compartió con él su imperio. Agradecido, el dios del tiempo lo dotó de tal sagacidad que pudo dominar el conocimiento del pasado, el presente y el porvenir. Debido a esa virtud, Jano era representado con dos caras e inclusive cuatro; además ostentaba una llave en su mano derecha, por haber sido el inventor de las puertas, y en la izquierda un báculo, para indicar el dominio que ejercía sobre rutas y caminos.

Bajo el apelativo de *Portunus*, se le consideró el dios de los puertos, y por extensión figuró como el creador de la navegación. Era asimismo la divinidad de los comienzos y en virtud de que se le asoció con el Sol, presidió las primeras horas del día *(Matutinus Pater)*; además se vio en él al promotor de cualquier iniciativa, y en general de las empresas de los humanos. De ahí que los romanos le atribuyeran un papel esencial en la creación del mundo, e inclusive llegaran a tenerlo por dios supremo: *Janus Pater*.

Ovidio explicó que Jano recibía el nombre de Caos antes de que el aire, el fuego, el agua y la tierra se separaran y dejasen de integrar una masa informe. Al producirse la disgregación, Caos adoptó la figura de Jano y presentaba dos caras debido a la confusión de su primer estado.

Según se afirma, el culto a esta deidad fue instaurado por Rómulo, o quizá se debió a Numa. Alcanzó gran popularidad entre los romanos. En las ceremonias religiosas, Jano figuraba a la cabeza de las demás divinidades, y por su condición de "padre de los dioses" precedía incluso a Júpiter.

Se le consagraba el primer día de cada mes y se erigió un templo en su honor, cuyas puertas permanecían cerradas en tiempo de paz y eran abiertas si estallaba la guerra. De ocurrir esto último, los caudillos de la nación, los magistrados y los pontífices acudían solemnemente al templo, descolgaban de las bóvedas del santuario los escudos sagrados y golpeaban de manera cadenciosa exclamando a coro: ¡Marte, Marte, despierta!

Cuando se daban por terminadas las hostilidades, las puertas eran cerradas otra vez, no de manera ordinaria, sino valiéndose de enormes barras de hierro y de una serie de cerrojos para que resultara difícil abrirlas, pretendiendo indicarle al pueblo que la guerra, fuente de infinitas calamidades, no debía de ser emprendida sin que existieran motivos poderosos. A pesar de lo anterior, las puertas del templo de Jano fueron cerradas en muy raras ocasiones: una vez en la época de Numa; tres, en tiempo de Augusto, y después, bajo los gobiernos de Nerón, Marco Aurelio, Cómodo y Gordiano III.

Se narra además, en relación con dicho edificio, que durante el ataque sufrido en Roma por los sabinos de Tacio, una mujer sobornada con alhajas, mostró al enemigo el camino hacia la ciudadela, pero Jano, que entre sus atribuciones tenía la de abrir paso a las fuentes en el momento en que pugnaban por salir a la superficie, hizo brotar un manantial de aguas hirvientes que detuvo al invasor, lo cual motivó que en ese sitio clave fuese levantado el templo.

Cabe destacar que no se conserva estatua ni busto alguno de Jano; en cambio, sus efigies monetarias son abundantes

El rapto de las sabinas

El rapto es uno de los delitos que ha servido para inspirar variados mitos y fábulas en todos los rincones del planeta.

La famosa leyenda del rapto de las sabinas es quizá el ejemplo más conocido.

Se narra al respecto que poco después de la fundación de Roma, debido a que sus moradores eran solteros en su mayoría, vieron la necesidad de atraer al sexo bello para lograr que aumentase la población y la ciudad ofreciera seguridad de permanencia.

Rómulo, su rey, célebre por su gran astucia, ideó un plan tendiente a resolver el problema, y de inmediato lo puso en práctica. De acuerdo con él, hizo correr la voz de que había encontrado el ara de un dios escondida bajo tierra. Posteriormente, dispuso un sacrificio solemne, combates y espectáculos ante el supuesto hallazgo, logrando que los sabinos, quienes estaban asentados muy cerca de Roma, concurrieran a los festejos acompañados de sus mujeres e hijas. A una señal del monarca romano, sus soldados se apoderaron de las doncellas visitantes y expulsaron a los sorprendidos vecinos a punta de espada.

En cuanto al número de jóvenes raptadas, algunas versiones hablan de 30, otras señalan 527 y Juba asegura que la cifra ascendió a 683, de las cuales todas eran solteras, excepto Ersila, quien debido a su hermosura notable fue reservada para Rómulo. Los sabinos conocedores de la bravura de los romanos, intentaron recuperar a las doncellas por el camino de las negociaciones, pero al obtener una respuesta negativa, no les quedó otra opción que declararles la guerra.

Los raptores se atrincheraron en el Capitolio, pero cometieron el error de confiar las llaves de la fortaleza a Tarpeya, una joven que estaba enamorada de Tito Tacio, el soberano de los rivales. El amor superó al patriotismo y la chica abrió la puerta a los invasores, pero éstos, en lugar de agradecerle su proceder, la aplastaron bajo sus escudos por considerar que la traición no debía permitirse jamás. Con base en la situación descrita, los habitantes de Roma asignaron precisamente el nombre de Tarpeya a las rocas desde donde solían arrojar a los traidores al imperio, que eran sentenciados a muerte.

A pesar de la ventaja conseguida, los sabinos no podían derrotar a los guerreros de Rómulo y cuando la batalla alcanzaba mayor fragor, un hecho inusitado vino a poner fin a las hostilidades: las mujeres que habían sido raptadas tiempo atrás, se interpusieron de pronto entre sus maridos y sus padres o hermanos, movidas tal vez por un impulso divino. Hicieron notar a los adversarios que la batalla librada rayaba en el absurdo, porque siendo ellas la causa de la disputa padecerían de igual forma, independientemente de quien alcanzara la victoria, si sus progenitores o maridos resultaban heridos o morían en el combate. Ante tales razones, hubo de concertarse una tregua y los generales de los bandos respectivos entablaron pláticas de paz.

Mientras tanto, las prudentes señoras se dedicaron a dar atención a los integrantes de ambos ejércitos y no pasaron muchos días sin que se firmara el tratado, según el cual romanos y sabinos habitarían en lo sucesivo la ciudad fundada por los gemelos que amamantara una "loba": Acca Larentia. Rómulo y Tacio decidieron gobernar juntos y al nuevo pueblo que surgió de la fusión de las dos tribus se le denominó *romanos quirites*. Al morir el rey de los sabinos, la monarquía volvió a recaer en una sola persona y Roma empezó el periodo de consolidación, que le llevaría a transformarse en la ciudad más poderosa e importante del orbe.

En su amena y divertida obra denominada *Historia de Roma*, Indro Montanelli, apunta en relación con la historia descrita que ésta probablemente oculta una conquista de los sabinos sobre los orgullosos romanos, quienes inventaron tal argumento para salir bien librados; estima asimismo que tal vez los dos pueblos hubieron de mezclarse de manera voluntaria y el famoso rapto representaría entonces la normal ceremonia del matrimonio, como se realizaba entonces, es decir, con el robo de la novia y la anuencia del padre de ella. La verdad ha quedado sumida en las arenas de los siglos, pero lo cierto es que se trata de un caso en el cual la costumbre ha trascendido al ámbito jurídico.

Dioses domésticos

En la antigua Roma, los espectros tenían un lugar especial y existía además una serie de divinidades menores que desempeñaban un papel importante en la vida cotidiana.

A guisa de ejemplo mencionaré que a los *lares* o *penates* (divinidades protectoras de la familia), representados bajo la figura de muñecos o estatuillas hechas de plata, bronce, madera, e inclusive de cera, se les ofrecía vino y fruta, los coronaban de violetas, mirto y romero. Además, les eran quemadas esencias exquisitas y ante sus imágenes se acostumbraba suspender lámparas encendidas. Cualquier proyecto de una empresa trascendente ameritaba serles consultado y sus respuestas tenían el carácter de oráculos; pero en caso de fallar el vaticinio, los contrariados romanos llegaban al extremo de azotar, mutilar o destruir a dichos ídolos.

Otra deidad menor a la cual guardaron culto fue el *genio*, mismo que regía el nacimiento de cada mortal, vivía unido a él durante el curso de su vida, conocía sus pensamientos y lo guiaba en todos sus actos. Existía la creencia de que los humanos tenían dos genios: el del bien, representado en forma de joven coronado de flores, portando el cuerno de la abundancia, y el del mal, cuya alegoría era la de un viejo con barba espesa y pelo corto, que llevaba en la mano un búho, ave de mal agüero.

Por otra parte, *Talario*, compañero de Rómulo, por su esfuerzo y valor había merecido, durante el rapto de las sabinas, que se le reservara la más bella. Su matrimonio lo hizo padre de numerosa prole y lo colmó de dicha, que quedó como cosa obligada el desear a los novios la felicidad de Talario, y que su nombre se mencionara en los epitalamios o cantos de boda.

Los *manes*, nombre con el que los romanos designaron a las almas separadas del cuerpo, merecían respeto similar al de los propios dioses y por ello les eran dirigidas plegarias, ofrecidas libaciones e inmoladas ovejas negras. El ciprés, árbol fúnebre, les estaba consagrado y se suponía que el ruido producido por el choque de trozos de hierro o bronce les causaba molestia y el fuego gran alegría; de esto último proviene seguramente la costumbre de colocar lamparitas en los sepulcros, pues se creía que moraban junto a ellos.

Otro tipo de fantasmas eran los *lémures* (también llamados larvas), los que gustaban de asustar a los mortales y sólo huían ante el olor de habas quemadas.

A *Como,* dios de los banquetes, de la alegría y de las danzas nocturnas, se acostrumbraba únicamente dirigirle alguna invocación, antes o después de las comidas y se le asociaba a *Momo,* deidad de los chistes y la burla.

En las obras de los poetas latinos, son frecuentes las alusiones a las divinidades domésticas y a los espectros referidos. Lo mismo puede advertirse en las comedias y basta para ello citar las divertidas piezas de Plauto y Terencio.

África

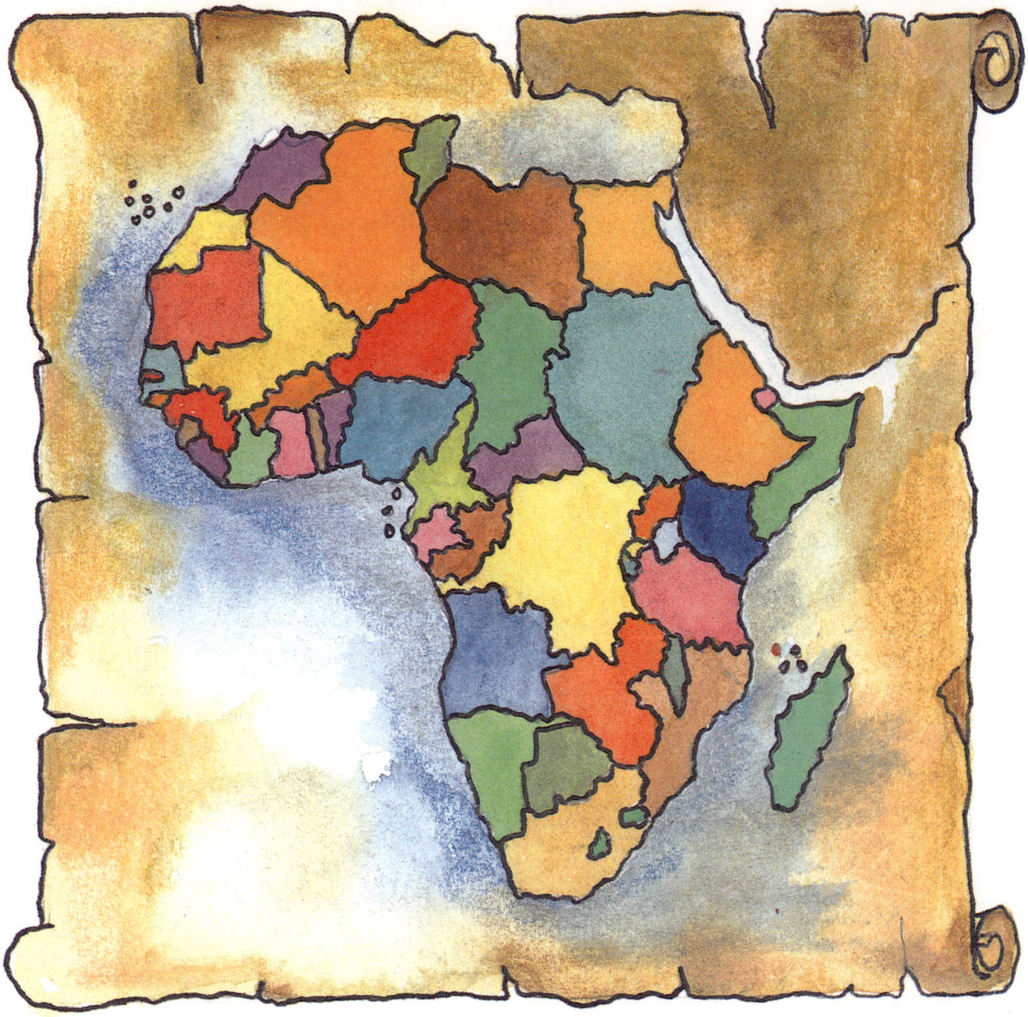

Egipto

Osiris e Isis

Entre los diversos mitos siderales del mundo destaca el de Osiris e Isis, que está envuelto además en una serie de signos de carácter esotérico. De acuerdo con una de las versiones existentes, Osiris era un sabio rey de Egipto que se dedicó a mejorar las costumbres de sus súbditos mediante la enseñanza de la agricultura y la implantación de las normas morales, religiosas y jurídicas. Cuando consideró que la obra de su reino estaba terminada, le confió el gobierno a Isis, su esposa, y acompañado de su hijo Horus se dedicó a recorrer otros países para trasmitir a sus habitantes los valiosos conocimientos que poseía y predicar su doctrina. Así, visitó Etiopía, Arabia e India, y en cada región de dichos lugares alcanzó cariño, admiración y respeto.

Cuando Osiris regresó a Egipto, encontró el país en guerra y supo que su hermano Set (Tifón) se había apoderado de una parte del reino. Entonces, sin hacer caso de las advertencias, trató de restablecer la tranquilidad y volver las cosas a su estado original por la vía pacífica, pero Set, quien era malvado y violento, lo hizo caer en una emboscada, lo mató, puso su cuerpo mutilado en un cofre y lo arrojó al río Nilo.

Al enterarse Isis de la terrible noticia, desesperada, buscó el cadáver de su amado esposo hasta localizarlo en Biblos, ciudad de Fenicia, donde las olas lo habían depositado, y luego de que Anubis, su hijo, embalsamó los restos del monarca, los colocó en un sarcófago y lo sepultó, no sin antes rendirle las honras fúnebres.

Posteriormente, superada la aflicción que le había causado la pérdida de su marido, la reina egipcia sólo pensó en vengarse de Set y apenas hubo reunido a sus ejércitos marchó contra el tirano, logrando vencerle gracias a la astucia y bravura de Horus.

Reunificado ya el imperio, Isis se dedicó a perfeccionar las artes y, entre otras cosas importantes, inventó las velas de los navíos, facilitando así los viajes marítimos, pues antes las embarcaciones eran impulsadas sólo por medio de remos. Además, y habiendo ya alcanzado la sabiduría necesaria, resucitó a Horus luego de que éste pereció a manos de los Titanes. Logró hacerlo inmortal y le enseñó los secretos de la medicina y el arte de vaticinar.

A su muerte, los egipcios elevaron a Isis a la categoría de diosa universal bajo la figura de una vaca y le dieron el título de madre de todas las cosas.

De acuerdo con el simbolismo, Osiris personifica al sol nocturno y es el señor del más allá, de donde volvió a la vida gracias a la intervención de su mujer. Además, como se le atribuía la invención de la agricultura, al morir, los sacerdotes hicieron creer al pueblo que el alma de dicho monarca había pasado al cuerpo de un buey, animal de tiro indispensable para arar los campos, y por ello lo adoraron bajo este aspecto con el nombre de Apis, símbolo de la fuerza creadora. Empero, no cualquiera de esos cuadrúpedos era motivo de culto, sino únicamente los ejemplares que tenían collar negro, presentaban una mancha blanca en la frente, una figura de media luna sobre el costado derecho y el diseño de un buitre sobre la espalda (obra de los astutos sacerdotes).

Isis, por su parte, representaba el principio femenino (fecundo y generador) de la naturaleza y era simbolizada por medio de la luna.

En cuanto al esoterismo que encierran dichos personajes y la leyenda misma en la cual participan, Hermes Trismegisto, rey, sacerdote y legislador, elaboró cuarenta y dos libros, según se afirma, en los que se detallaban los misterios y la serie de pruebas a que eran sometidos los novicios para ser iniciados, hasta alcanzar el conocimiento pleno de la ciencia oculta.

Fetichismo

Los navegantes portugueses, quienes fueran los primeros en mantener relaciones comerciales con el África occidental, observaron que los naturales de aquellas tierras rendían culto a los dioses materiales, tales como piedras o conchas, y asignaron a esos objetos la palabra portuguesa *fetico*, cuyo significado es el de "hechizo", que se deriva del latín *factitius* (fabricado), término utilizado para designar pequeños objetos piadosos.

Sin embargo, correspondió al francés De Brosses en el siglo XVIII, introducir en la ciencia de las religiones la idea del *fetichismo*, aunque de manera equivocada, porque asimiló a los fetiches de los negros las piedras sagradas de Grecia y de Egipto, ignorando que el objeto natural o inanimado no tiene valor en sí, sino en virtud del espíritu que se supone mora en él.

A partir de entonces pudieron estudiarse con una perspectiva diferente algunos mitos y costumbres religiosas y se advirtió así que en la Roma primitiva una lanza fue la imagen originaria del dios de la guerra, un pedernal la de Júpiter, la higuera, la cebolla y el haba tuvieron un carácter sagrado y el famoso *Palladium* que recordaba la imagen de la Minerva armada (Palas), era un fetiche confiado a la guarda de las vestales.

Por otra parte, los hebreos se valieron de los *terafim*, pequeños ídolos portátiles para practicar la adivinación y según el profeta Oseo, en el siglo VIII eran aún indispensables en el culto.

En Egipto se dieron igualmente manifestaciones importantes y para muestra de ello he seleccionado una leyenda que se remonta a los años del rey Nebka.

Uba-oner, supremo chereb (mago y sacerdote) de Menfis, tenía una hermosa mujer. Cierto día en que ésta se encontraba en el templo, descubrió a un atractivo vasallo y se enamoró a primera vista de él. Su pasión creció a tal punto que le envió una caja llena de finas vestiduras y lo invitó a entrevistarse con ella en secreto. El mancebo aceptó el regalo y luego de conocer a la voluptuosa cónyuge del sumo sacerdote, la sedujo fácilmente.

Después de varios encuentros, el vasallo tuvo el atrevimiento de solicitarle a su amante que mandara preparar el suntuoso kiosco que tenía Uba-oner en la orilla de un lago apacible, para disfrutar el día juntos. La incauta mujer accedió. Ambos bebieron hasta que se puso el sol y el mayordomo, escandalizado de la conducta licenciosa de su ama, reveló lo ocurrido a Uba-oner. El sacerdote, que ya sospechaba de su esposa y confiaba en el lacayo, modeló un cocodrilo de cera, esparció polvos mágicos sobre él mientras recitaba fórmulas incomprensibles y ordenó al mayordomo que sumergiera la figura en el agua cuando el vasallo se estuviera bañando.

La pareja se reunió otra vez en el mirador y, poco antes del anochecer, el amante se introdujo en las tibias aguas. Entonces el criado arrojó el fetiche y éste se transformó en un cocodrilo de siete varas que atrapó al vasallo y desapareció con él. Uba-oner se encontraba de visita en el palacio del rey Nebka y una semana después, cuando se disponía a regresar a su casa, fue informado de lo ocurrido. El chereb decidió invitar al monarca para que presenciase un milagro y Nebka, intrigado, lo acompañó. Llegaron hasta la orilla del lago y Uba-oner, haciendo gala de sus conocimientos mágicos, requirió a grandes voces la presencia del reptil. No tardó en aparecer el impresionante animal con el vasallo en las fauces y el rey, asustado, temió por su vida.

Al notarlo, el sumo sacerdote se aproximó al cocodrilo, lo transformó otra vez en una figura de cera y le informó a Nebka de la infidelidad de su mujer. El rey consideró necesario hacer justicia y, por principio de cuentas, autorizó a Uba-oner para que diera vida al reptil y se llevara definitivamente el cadáver del vasallo. Después ordenó que condujeran a la adúltera al palacio, la sometió a juicio y al comprobar su falta la condenó a morir quemada y sus cenizas fueron arrojadas al lago en cuya orilla se levanta el kiosco del chereb.

Ruanda

En busca de una reina

La República de Ruanda es un pequeño país africano de 26 338 km², que limita al norte con Uganda, al oeste con Zaire, al este con Tanzania y al sur con Burundi.

Dicho lugar fue poblado originalmente por los hutus, procedentes del Congo, pero los tutsis o watutsis, quienes llegaron de Etiopía a partir del siglo XV, no obstante ser la minoría, se impusieron sobre los primeros llegando a formar una casta privilegiada.

Siglos más tarde, en 1897, Ruanda y Burundi se incorporaron como una sola unidad al Africa Oriental alemana.

En 1916, los belgas ocuparon el territorio y lo recibieron como mandato de la Sociedad de las Naciones, con el nombre de Ruanda-Urundi, hasta 1946 en que pasó a ser fideicomiso de las Naciones Unidas.

Casi a fines de 1959, los hutus se rebelaron contra los watutsis y la monarquía que éstos habían implantado fue abolida. Así, el movimiento de emancipación ganó las elecciones de 1961 supervisadas por la ONU y un año después la República de Ruanda se separó de Burundi, y ha permanecido así hasta la fecha.

Una leyenda fraguada desde los tiempos en que imperaba la minoría de los watutsis aborda el tema del soberano en busca de una reina, muy llevado y traído en diversos cuentos, pero presenta un medio de solución gracioso y original, según podrá corroborarse.

A pesar de que le habían ofrecido a todas las princesas de las tierras circundantes, el joven monarca de los watutsis no podía hallar ninguna que le agradara y fue tal su desánimo que enfermó de melancolía. Al poco tiempo, el reino empezó a sufrir las consecuencias y, alarmados, los consejeros reales buscaron con mayor afán una esposa para el gobernante. Sin embargo, pese a los esfuerzos realizados no se logró dicho propósito y la triste noticia trascendió inclusive las fronteras.

Los watutsis tenían entre sus favoritas a cierto tipo de aves que denominaban holi-holi. Un pajarillo perteneciente a esa especie cuando se enteró del problema existente, recordó haber visto pocos días antes a una joven de belleza notable mientras ésta se bañaba en un estanque de agua cristalina. Voló, esperanzado, hacia dicho lugar y, para su fortuna, llegó en el momento en que la hermosa nativa concluía su aseo.

Al advertir que la muchacha se disponía a colocarse el ligero taparrabo (única prenda utilizada por las watutsis), el holi-holi se lo arrebató súbitamente con el pico y huyó en dirección a la aldea. A la doncella le hizo gracia la acción y corrió alegremente tras el ave, rogándole que le devolviera la prenda. El astuto holi-holi dejó caer el taparrabo, pero cuando la joven iba a recogerlo se lo quitó otra vez y repitió el juego hasta llevarla a los jardines del palacio real. En ese momento, el rey paseaba por aquellos lugares y el pajarillo depositó en sus manos la corta falda.

Así, el sorprendido monarca se encontró de pronto ante la beldad desnuda, cuyas bien logradas formas eran acentuadas por las gotas de agua que permanecían atrapadas en su tersa piel y, extasiado, la contempló durante varios segundos, enamorándose de ella.

Las mejillas de la pudorosa doncella se encendieron, e instintivamente le dio la espalda. Después le pidió al monarca que le diera el taparrabo para cubrirse y el soberano contestó que lo haría siempre y cuando prometiera casarse con él. La joven, que siempre había amado en secreto al rey, pronunció el ansiado sí y el holi-holi, posado en la rama de un árbol, cantó alegremente, satisfecho por haber realizado tan inteligente acción.

Madagascar

Antecesores, muerte y lluvia

La gran isla de Madagascar, que está separada de África por el canal de Mozambique, ocupa el tercer lugar mundial en lo referente a extensión, con 1 600 km de longitud y 500 km de anchura máxima.

Durante los siglos III y VIII, las migraciones indonesias dieron a Madagascar su primera población y a partir del siglo XII los comerciantes árabes se establecieron en sus costas. En el siglo XVI, Portugal, Holanda y Francia intentaron fundar colonias en la isla, propósito que alcanzó el último de dichos países al establecer en el norte un bastión, cuya influencia quedó limitada debido a la descendencia de la poderosa monarquía de los hovas en la altiplanicie central. Posteriormente, el rey Radama I (1810-1818) favoreció a los ingleses y permitió que se implantara el cristianismo en el país, pero Ránaválona I (1835), quien hubo de sucederlo, prohibió esa religión y cerró además el comercio con Europa. En 1896, luego de enviar una serie de expediciones militares, los franceses consiguieron establecer el régimen colonial y desterrar a la reina Ránaválona III a la isla de la Reunión.

A partir de entonces se fraguaron varios movimientos liberacionistas, hasta que en 1958 Madagascar alcanzó la condición de república autónoma dentro de la Unión Francesa y el 26 de junio de 1950 fue proclamada la independencia. Sin embargo, durante 1972 el entonces presidente Philibert Tsiranana se vio obligado a entregar el poder al general Gabriel Ramanantsoa, jefe del ejército, debido a presiones políticas, y no fue sino hasta 1975 cuando Didier Ratsiraka, primer mandatario de la nación, proclamó la II República malgache, después de un conato de golpe militar.

En el ámbito religioso, los habitantes de la isla en cuestión creyeron desde un principio en un dios supremo, en torno al cual se colocaban las almas de los antepasados (razanis), y en un genio maligno, denominado Angatch. Los malgaches consideraban que los espíritus de los muertos eran intermediarios entre las divinidades y los seres vivientes, y a causa de ello les tributaban culto respetuoso e inclusive les ofrecían sacrificios.

Como muestra de lo anterior, una antigua leyenda sobre el origen de la humanidad proveniente del sudoeste de Madagascar refiere que en el alba de los tiempos Ndriananahary (Dios) envió a la Tierra a su hijo Ataokoloinona para que observara las cosas existentes en el mundo y le informase si había posibilidad de crear seres vivos. Así, el enviado divino bajó de los cielos, pero al encontrar el planeta demasiado caluroso descendió por oscuras y profundas cavernas en busca de frescor.

Ndriananahary esperó en vano durante largo tiempo el regreso de su hijo y, preocupado, ordenó a varios criados que lo encontraran y éstos tomaron rumbos distintos, pero ninguno pudo hallar a Ataokoloinona. Dichos exploradores se convirtieron en los antepasados de la humanidad y, transcurridos más años de búsqueda infructuosa, resolvieron mandar a unos emisarios al cielo para solicitarle nuevas instrucciones a su amo, pero quienes fueron seleccionados no regresaron y llegaron a ser los primeros muertos.

Cierto día, Ndriananahary advirtió que sus servidores vivían en condiciones muy precarias porque la Tierra era casi inhabitable debido a la sequedad y al calor existentes. Compadecido, inventó la lluvia y gracias a ella hubo al menos épocas del año templadas y los hombres aprendieron a cultivar plantas para dedicarlas a su sustento.

Entretanto, los enviados celestiales se multiplicaron y aún a la fecha no saben qué hacer: si continuar buscando a Ataokoloinona o de plano renunciar a sus indagaciones.

Asia

China

El fuego por frotamiento

El frotamiento de pedazos de madera seca y el golpeteo de dos trozos de pedernal se convirtieron en los métodos primitivos para obtener fuego. A partir de entonces, el hombre dio uno de los pasos más trascendentes hacia la civilización, principalmente cuando aprendió a utilizarlo para cocinar, alumbrarse en la noche, combatir el frío, cocer el barro y fundir los metales.

Debido a la pureza y actividad del fuego, los antiguos lo consideraron la viva imagen del Sol y el elemento que más se acercaba a la divinidad. Así, fue venerado en casi todas las mitologías del mundo. Por ejemplo, en China se difundió, acerca de la creación del fuego por frotamiento, la leyenda que relato a continuación.

Al inicio de los tiempos, los humanos necesitaban el fuego, pero sólo podían ver sus llamas brillantes durante los incendios forestales, cuando el dios del trueno, quien tenía cabeza humana y cuerpo de dragón, los producía chocando su cola contra los árboles secos. Existía, sin embargo, en el oeste distante y árido, un lugar donde las cuatro estaciones eran tibias como la primavera y la noche brillante como el día. Se trataba del estado denominado Sui Ming y la causa de tan extraño fenómeno obedecía a que en dicho territorio se alzaba majestuoso el descomunal Sui Mun, o "árbol del fuego", generador de luz y calor. Era de tales magnitudes que para abarcar su tronco se requerían varias decenas de personas con los brazos extendidos y sus largas ramas frondosas se extendían por muchos miles de hectáreas a la redonda. Existía la esperanza de que un osado mancebo llegase hasta él y le arrancara algunas ramas para utilizarlas como "semillas de fuego"; pero transcurrieron muchos años en los cuales quienes intentaron hacerlo perecieron ahogados en un río, a causa de insolación, devorados por las bestias, o retornaron cuando apenas habían recorrido la mitad del camino, asustados por los obstáculos y penurias afrontadas.

Un joven alto, fornido, de clara inteligencia, experto en el manejo del arco, decidió probar suerte también y emprendió la marcha hacia el oeste misterioso. Tuvo que escalar altas montañas, cruzar ríos caudalosos, abatir un gran número de fieras con certeros flechazos, soportar unas veces un calor tan intenso que le tostaba la piel y otras avanzar en medio de ventiscas que le helaban las manos y los pies. Sufrió asimismo de hambre, sed y fatiga, pero su tenacidad lo impulsó a continuar adelante y llegó a unos parajes sumergidos en las tinieblas. Casi a tientas prosiguió, receloso, y estaba a punto de regresar cuando una débil luz rojiza que se distinguía a lo lejos anunció la proximidad del Sui Mun.

La alegría que embargó al aventurero renovó sus fuerzas y su paso se convirtió en carrera hasta que tuvo ante sí al imponente y majestuoso "árbol del fuego". Se tendió sobre la suave yerba para admirar aquel portento y advirtió entonces que la causa del resplandor se debía a las chispas producidas por el picoteo constante de las ramas y del tronco del árbol por parte de un gran número de aves. Dedujo que podría utilizarse un método similar para obtener fuego y a fin de corroborar su hipótesis arrancó algunas ramas, se dedicó a frotarlas empeñoso y consiguió que se produjera la ansiada flama. A su feliz retorno repitió el experimento con la madera de un árbol cualquiera y ocurrió lo mismo.

Ya en su pueblo, la gente, agradecida, le puso al audaz mancebo el sobrenombre de Sui Ren Shi, cuyo significado es el de "inventor del fuego", para honrarlo y hacer perdurar su memoria al correr de los siglos.

Emoción igual a la que experimento el héroe de nuestra historia debe haberla sentido Jacques Kammerer al inventar en 1832 los llamados fósforos, porque se utilizó en su fabricación una mezcla de dicho elemento con clorato de potasio y goma.

El vestido nupcial

Mancang, un joven de escasos recursos, le pidió a su novia Qiaogu que se casara con él. La hermosa doncella aceptó gustosa, y como era muy hábil para hilar, tejer, hacer flores y bordar, decidió encargarse personalmente de realizar su vestido de boda.

Jinhua, que quiere decir "flor de oro", era una vecina de Qiaogu y como se había comprometido con un rico de la ciudad, indecisa, se probaba a diario atuendos muy caros, debido a que también se casaría al llegar el otoño.

Ambas recibieron los consabidos regalos: mientras a Jinhua su futura suegra le dio un par de cajas con objetos valiosos, entre los que había pulseras de oro, trajes de seda y elegantes bufandas, la familia de Mancang (que significa "granero lleno") le ofreció a Qiaogu como dote sólo un manojo de arroz de doble espiga, una col, un puñado de frijoles rojos y un racimo de pimienta fragante.

A la diestra tejedora, que había cosido ya un bonito vestido de algodón, le agradaron a tal punto los humildes obsequios, que decidió adoptarlos por modelos para adornar su traje con bordados. De tal suerte, las espigas de arroz que realizó tenían un áureo resplandor, los hilos verdes que formaban la col parecían de jade, los frijoles hacían recordar la hiel de dragón y la pimienta el coral. Asimismo, mientras efectuaba su labor llegó a herirse los dedos y en el lugar de la tela donde cayeron las gotas de sangre, bordó bellas flores rojas. Al cabo de tres meses acabó su obra portentosa. Jinhua fue a visitarla y cuando vio el vestido le propuso cambiárselo por diez trajes de seda y seis bufandas, pero Qiaogu no aceptó. Entonces, su vecina lo tomó de improviso, huyó con él y, al ser alcanzada por la afligida costurera, lo lanzó encima de una pared.

Mientras Qiaogu iba por un bambú para bajar su traje, apareció una bandada de urracas cuyas integrantes tomaron el vestido con el pico y desaparecieron entre las nubes. La pobre joven lloró por el hurto y pensó en vengarse. Para tal fin, hizo una enorme red con el hilo sobrante y esperó a que regresaran las aves ladronas.

A los pocos días, las urracas se posaron en el techo de su casa y entonces Qiaogu salió de inmediato al patio, extendió la malla y esparció sobre ella comida para pájaros. Cuando las aves decidieron picotear el alimento, la joven las atrapó en la red, pero las urracas remontaron el vuelo y levantaron súbitamente a su captora, dirigiéndose hacia el Sol naciente. Qiaogu, asustada, se aferró a la malla y así fue conducida hasta la cumbre de una montaña elevada. En dicho lugar había un gran bosque y sobre las ramas de los árboles reposaban pájaros de muchas variedades.

Apenas tocó tierra, la doncella se olvidó de las urracas, pues se le apareció un hada que vestía precisamente su traje y, ante su asombro, se lo devolvió, le agradeció el préstamo, le deseó felicidad en su matrimonio y prometió cuidarle la valiosa prenda. Luego el hada se transformó en ave fénix y los demás pájaros se alejaron volando con ella.

Mancang, que había observado por casualidad cómo las urracas se habían llevado a su prometida, llegó entretanto a la montaña, encontró a la joven y ambos volvieron a su pueblo.

Después de la boda, en la que Qiaogu lució su traje, los radiantes esposos se dedicaron a trabajar la tierra y cuando la diestra tejedora lavaba la valiosa prenda y la ponía a secar al borde de la parcela, un grupo de urracas bajaba a cuidársela. Cierta ocasión en que Jinhua descubrió el vestido en tales condiciones, lo tomó y se lo puso, pero las urracas protectoras descendieron del cielo y al atacarla a picotazos la hirieron, desgarrando de paso el traje y dejando caer los jirones sobre las tierras recién labradas.

Durante la primavera siguiente crecieron unas bellas flores rojas como el fuego que, al abrir sus pétalos, hacían recordar al ave fénix, extendiendo sus alas. Por sus antecedentes, la gente las denominó "flores del Hada Fénix" (balsaminas). Al ver la pradera cubierta de ellas dos veces por año, Qiaogu se consolaba de la pérdida de su vestido nupcial.

El sol chino

De acuerdo con cierta teoría muy aceptada, el Sol nació de una nube gaseosa, en la cual predominaba el hidrógeno, con posterioridad a la formación de la Vía Láctea, hace aproximadamente cinco mil millones de años. Cuando transcurra otro lapso similar, se dilatará para volverse una estrella roja gigante que abrasará a los planetas del sistema, antes de convertirse en una simple "enana" oscura y fría como el espacio.

En las diversas mitologías del mundo, la Luna ha sido asociada, en lo cambiante (por las fases), a la esencia femenina, mientras que se ha visto en el Sol la personificación de lo viril y, por tanto, de la fuerza heroica, creadora y dirigente, siendo sus rayos, además de trasmisores de luz y calor, símbolo del poder de la gloria y la espiritualidad.

Una antigua leyenda china corrobora buena parte de dichas afirmaciones, según podrá advertirse a continuación.

Durante la época en que gobernaba el emperador Yao, nacieron diez soles y fueron a vivir a la orilla de Tanggu, un gran estanque situado al oriente, allende el mar. Los hermanos llevaron una infancia muy agradable, porque se bañaban a menudo en el lago, retozaban a diario y después, para descansar recostados en sus gruesas ramas, subían al "Fu Sang", árbol enorme cuyo tronco sólo podía ser abarcado con los brazos de mil personas.

Sin embargo, cuando alcanzaron la juventud, el Soberano del Cielo dispuso que cada día uno de ellos debía levantarse por el este muy de mañana para ofrecer luz y calor a los seres humanos y luego de cruzar el firmamento, descender en el oeste al anochecer.

En un principio, los hermanos acataron la orden al pie de la letra, pero en cierta ocasión decidieron hacer una travesura y los diez soles brillaron de pronto en la bóveda celeste, provocando serios trastornos en el mundo: la temperatura aumentó peligrosamente, las plantas se marchitaron y los ríos quedaron secos.

Los hombres tuvieron que refugiarse en profundas cavernas para evitar la muerte por calcinación. Entonces, el emperador Yao —quien a pesar de su alta investidura vivía en una cabaña rústica, se alimentaba en forma sencilla y velaba por el bienestar de su pueblo— escaló la montaña más elevada y exigió a los soles que acataran las reglas impuestas. En vista de que los hermanos no le prestaban atención, el gobernante solicitó al Soberano del Cielo que pusiera un remedio a la situación y éste envió a Hou Yi, un valiente guerrero, para restaurar el orden.

El enviado divino descendió a la Tierra provisto de un arco y un carcaj que contenía una decena de flechas, e inmediatamente le disparó a uno de los soles consiguiendo exterminarlo.

Los hermanos de la víctima trataron de huir, pero ocho de ellos corrieron la misma suerte, produciéndose un gran estruendo cuando las flechas los atravesaban, para caer después en forma de meteoritos.

Hou Yi se disponía a dar fin al último de los soles, pero el emperador Yao le pidió que no lo hiciera porque la humanidad padecería un frío atroz, y el guerrero celestial, convencido, guardó la flecha restante.

De tal manera, quedó en el firmamento un sol pálido del susto y la gente pudo abandonar las cuevas para reiniciar sus tareas.

Hou Yi se disponía a volver al cielo, mas los hombres lo convencieron de permanecer en el mundo para librarlos de una serie de calamidades que les impedían llevar una vida tranquila. Así, el intrépido héroe hubo de exterminar dragones, serpientes, zorros y otras bestias.

Mientras llevaba a cabo una de sus peligrosas empresas, Hou Yi encontró a la hermosa Chang E y se casó con ella, olvidándose de retornar a su patria.

El Soberano del Cielo urgió entonces al guerrero para que volviera; éste se opuso y fue destituido de su puesto celestial, pero el pretendido castigo no inquietó a Hou Yi, sino que le provocó beneplácito al darle la oportunidad de quedarse junto a su enamorada esposa, la cual, por azares del destino, llegaría a convertirse en deidad lunar al beber un elíxir mágico.

La luna china

Después de que Hou Yi derribó los nueve soles y eliminó una serie de plagas, llegó a ser un héroe muy querido y respetado por la gente. En cierta ocasión en que el enviado del Soberano del Cielo volvía de una cacería, vio a una doncella muy hermosa que sacaba agua de un río con una caña de bambú y para acercarse a ella fingió que tenía sed. La muchacha, cuyo nombre era Chang E, descubrió por la indumentaria, el arco rojo y el tipo de flechas, que frente a ella estaba el popular Hou Yi. Le proporcionó agua y le ofreció además un ramo de flores lozanas como muestra de admiración. En correspondencia, el guerrero divino le regaló una fina piel de zorro plateado y surgió la amistad entre ambos.

Al poco tiempo, los jóvenes se enamoraron y un buen día Hou Yi se casó con Chang E.

Tres años después, el Soberano del Cielo le ordenó al afamado arquero que regresara a las mansiones divinas, pero éste se negó a obedecer. Aunque el Soberano lo destituyó de su puesto, Hou Yi prefirió continuar viviendo al lado de su bella esposa.

Entre la pareja reinaba una gran armonía, pero el guerrero temía que, con el tiempo, la vejez y la muerte echaran a perder su felicidad. Así, Hou Yi decidió marchar al monte Kunlun, donde la Reina Madre del Oeste guardaba el elixir de la inmortalidad, para obtenerlo y hacer permanente su dicha. Hubo de atravesar gran cantidad de montañas, espesos bosques, desiertos ardientes y sortear innumerables peligros antes de llegar al palacio de la soberana.

La deidad lo recibió muy cordialmente y luego de conocer el motivo de la visita, vertió en una calabaza hueca el líquido prodigioso que había sido elaborado con el zumo de dos duraznos producidos por un árbol mágico que sólo florecía cada tres mil años y daba frutos al cabo de igual lapso.

Sin embargo, la Reina Madre del Oeste le advirtió que su mujer y él debían beber cada uno la mitad del jarabe, pues de apurarlo todo en forma individual, quien lo hiciera ascendería al cielo convertido en genio y no podría recobrar su estado original. Además, la bondadosa señora envió a Chang E como presente, la "hierba fascinante de jade", que daba belleza y amabilidad a quien aspiraba su aroma.

Muy agradecido, regresó Hou Yi y gracias a la planta prodigiosa su mujer se hizo más hermosa y agradable. En lo tocante al elixir, la pareja resolvió guardarlo para cuando llegase el momento propicio y reanudar su alegre vida.

Debido a que Hou Yi manejaba el arco con gran destreza, muchos jóvenes le rogaron que les enseñara esa disciplina y el héroe aceptó, complacido. Entre sus alumnos muy pronto destacó Feng Meng, pero como éste era un hombre cruel y perverso, sintió envidia de su maestro y decidió matarlo.

Quiso el destino que el malvado discípulo se enterara de dónde estaba el elixir de la inmortalidad, y cierta tarde, mientras Hou Yi andaba de cacería, penetró furtivamente en la casa de éste. Después buscó a Chang E, la amenazó con una flecha y exigió que le entregara el jarabe mágico. La joven reconoció al alumno de su marido y no tuvo más remedio que traer el elixir, pero cuando iba a dárselo resolvió sorpresivamente apurar de un solo trago el preciado líquido y huyó. Al salir de la cabaña, Chang E se sintió muy ligera y de repente voló por los aires hasta detenerse en la Luna, donde transformada en diosa del pálido satélite quedó confinada a la soledad.

Cuando Hou Yi supo lo ocurrido, se entristeció profundamente al comprender que no vería más a su adorable esposa y después, irritado, tomó sus armas y buscó a su ingrato discípulo para castigarlo. Sin embargo, Feng Meng lo atacó por la espalda y le partió la cabeza de un garrotazo, arrebatándole la vida. Los demás alumnos de Hou Yi descubrieron el crimen, capturaron al asesino y le dieron muerte a flechazos.

Transcurrido el tiempo, el alma del héroe regresó para auxiliar a la población en situaciones difíciles y se convirtió en dios tutelar de la misma.

El unicornio chino

De acuerdo con los bestiarios de la Edad Media, el unicornio sólo podía ser capturado por una joven virgen, pues tal como afirmaba Leonardo da Vinci, la perdición de este ser fabuloso se debía a su sensualidad, que le hacía olvidar su fiereza y recostarse mansamente en el regazo de la doncella, pero en las fábulas chinas aparece también bajo el nombre de *K'i-lin*, según nos demuestra Borges en su *Manual de zoología fantástica*. Se tenía al *K'i-lin*, por el primero de los cuadrúpedos y junto con el dragón, el fénix y la tortuga, formaba el cuarteto de animales de buen agüero.

En lo que concierne a su aspecto, se decía que su cuerpo hacía recordar al del ciervo, su cola a la del buey y sus cascos a los del caballo, luciendo en el pelaje cinco colores entreverados y en la frente un cuerno de carne. Se aseguraba que vivían mil años y que no hacían mal a criatura alguna, que jamás pisaban el pasto verde y los sabios creían que su presencia vaticinaba el nacimiento de un personaje célebre.

Como ejemplo de este último argumento puede citarse que cuando la madre de Confucio lo llevaba en el vientre, los espíritus de los cinco planetas le trajeron un unicornio que escupió una lámina de jade en la cual se leía la frase siguiente: "Hijo del cristal de la montaña, al llegar el momento en que caiga la dinastía, mandarás como rey sin insignias reales". Setenta años más tarde, unos cazadores mataron a ese *K'i-lin*, que aún tenía atado en el cuerno un trozo de cinta que la madre del sabio chino le había atado. Al enterarse del suceso, el propio Confucio acudió a ver el cadáver del cuadrúpedo y derramó lágrimas abundantes.

Durante el siglo XIII, Zingis Klan, que llevaba ya cuatro años peleando contra los ejércitos de la India sin lograr invadir ese país, se encontró cierto día un *chiotuan* de pelaje verde, variedad del *K'i-lin*, y para su completo asombro hablándole en su idioma, le recomendó que abandonase aquella empresa estéril y retornara a su lugar de origen; consejo que al ser acatado dio fin a la guerra.

Por otra parte, se narra que veintidós siglos antes de la era cristiana, uno de los jueces de Shun utilizaba un unicornio para descubrir a quienes cometían los delitos, pues la bestia atacaba a los culpables y no agredía a los inocentes.

Pérez Rioja en su *Diccionario de símbolos y mitos* opina que el unicornio representa la pureza en general y la castidad femenina en particular, pero basta consultar el análisis que realizó Jung para no confiar demasiado en esa tesis, porque el famoso psicólogo suizo lo ha asociado válidamente con el Espíritu Santo, Jesucristo, el mercurio y la maldad.

El día y la noche

Uno de los significados de la palabra día alude al tiempo que dura la claridad del sol, en contraposición a la noche, lapso en el cual el astro rey se encuentra debajo del horizonte.

Actualmente sabemos que ambos fenómenos naturales se deben al movimiento de rotación de la Tierra y nos resulta sencillo entender por qué en los países situados sobre el ecuador los días son tan largos en el estío como durante el invierno, mientras que en los polos hay una temporada a mitad de la estación gélida en la cual no aparece el sol y otra en el verano en que el astro luminoso jamás se pone. Sin embargo, los hombres de la Antigüedad fraguaron explicaciones diversas, que las más de las veces engrosaron el cúmulo de leyendas y mitos del mundo.

A guisa de ejemplo, en China se pensaba que el Señor del Cielo le había ofrecido al Día el maravilloso don del Sol, olvidándose de la Noche, la cual, sumida en las tinieblas, envidiaba la luminosidad.

El gigante *Tin-Nu*, que poseía buen corazón, se compadeció de la tristeza de la Noche y con sus manos enormes, insensibles a la acción destructora del fuego, arrancó una parte del cuerpo tórrido del Sol, la echó en un gran saco de nubes y marchó triunfante hacia el país donde reinaba la oscuridad. De repente, se apareció un perrazo de gran fiereza que respondía al nombre de *Pao* y se lanzó en persecución del despreocupado *Tin-Nu*, mismo que, asustado, corrió velozmente. Como la bolsa que contenía la porción solar estaba llena de agujeros, parte de la materia luminosa cayó en fragmentos sobre los campos nocturnos, salpicándolo de florecillas incandescentes, sin que el gigante lo advirtiera.

Además, en su carrera, *Tin-Nu* se tropezó con un balde en el cual *Pa-Ne*, la mujer de la inmensidad, había vertido la leche de la cabra *Siol*, protegida de los dioses, y por casualidad la última porción de sol cayó en el recipiente, perdió su intenso resplandor al sumergirse en el líquido blanquecino y se convirtió en una esfera de luminosidad discreta. Entonces el gigante, decepcionado, la arrojó en el seno de la Noche y al darse cuenta de que las fauces de *Pao* casi lo alcanzaban, reanudó su huida. Fue así como aparecieron en el firmamento las estrellas refulgentes y la pálida Luna.

Tiempo después el Padre de los Dioses creó el mundo y puso en él las plantas, los animales y al hombre, dotando a este último de belleza, inteligencia y sensibilidad. El Creador se disponía también a otorgarles a los humanos el valor, cuando el espíritu de la sombra lo distrajo para formularle una petición y olvidó conceder este último don. El hombre inició una vida feliz en la Tierra, hasta cierto día en que encontró una serpiente que le produjo gran temor.

El reptil, maligno por naturaleza, se le acercó amenazadoramente y con sus ojos brillantes hechizó a su probable víctima, dejándola paralizada. Estaba a punto de clavarle sus agudos colmillos, en el momento en que *Kin*, el espíritu del aire, logró llevarse al hombre a un lugar seguro, pero desgraciadamente el ofidio había soplado su hálito emponzoñado en el rostro del humano, trasmitiéndole así el egoísmo, la traición, la crueldad, la sospecha y la envidia.

A partir de aquella infausta ocasión, el hijo del Señor de los Cielos conoció la desdicha, el dolor, la tristeza, y se apoderó de su corazón el deseo nefasto de la guerra.

Japón

El origen de la dinastía imperial japonesa

La diosa del Sol, cuyo nombre era Amaterasu, recibió de Izanagi, su padre, el encargo de gobernar el mundo. Susanoo, hermano de la deidad, sintió gran envidia por la decisión adoptada, y se propuso vengarse. Para ello perpetró una serie de fechorías, devastó el palacio de Amaterasu y llegó al extremo de irrumpir en la habitación de la diosa montado en un caballo celeste que había desollado vivo poco antes. La joven, espantada y ofendida por lo ocurrido, corrió a ocultarse en el fondo de una caverna, dejando al mundo sumido en tinieblas y permitiendo a los malos espíritus que hicieran de las suyas.

La corte celestial, al verse privada de la luz, se reunió para buscar la forma de hacer salir de su escondite a la diosa y luego de cavilar durante un rato, trazó un plan. De acuerdo con él, llevaron varios gallos cerca de la entrada a la gruta, para que con su canto ella supiera que amanecía. Asimismo, obligaron a todos los pájaros a formar un gran coro en torno a la cueva, plantaron un buen número de árboles aromáticos para perfumar el lugar y colgaron de sus ramas infinidad de joyas cintilantes. Por último, situaron un gran espejo en el acceso a la caverna y le pidieron a Meno Uszunu, deidad subalterna de belleza incomparable, que ejecutara una danza artística en la cual fuese desprendiéndose de los velos que cubrían su figura exquisita. De tal suerte, conforme los lienzos vaporosos iban cayendo, el cortejo divino reía a causa de los graciosos lances o expresaba elogios y admiración al contemplar las perfecciones de la sensual bailarina.

Amaterasu, que no había hecho caso del canto de los gallos ni de los repentinos aromas que llegaban a la gruta, al escuchar música, carcajadas y alabanzas sintió curiosidad de saber la causa y luego de averiguarla, experimentó celos de Ameno Uszunu. No pudiendo contenerse, salió de la cueva y al hacerlo, la luz volvió a dar vida al mundo. Uno de los dioses le entregó entonces el espejo para que se contemplara y la diosa solar tuvo la oportunidad de convencerse de que superaba en belleza a la bailarina.

Amaterasu accedió a gobernar otra vez. A Susanoo le arrancaron los cabellos y las uñas por las fechorías realizadas y lo enviaron a reinar en el imperio de los mares. El dios hubo de acatar la voluntad del consejo divino, y al llegar a sus nuevos dominios se encontró con que un fiero dragón de ocho cabezas se había apoderado de los océanos, por lo que decidió solicitar ayuda al Señor de la Guerra y éste le obsequió un sable mágico para enfrentarse al monstruo.

Llegado el momento crucial, el hermano de Amaterasu, tras difícil combate, ultimó al dragón y de sus entrañas obtuvo una valiosa gema esférica. Después se dirigió al palacio de la diosa solar y en desagravio de las ofensas cometidas, le regaló la espada utilizada y la piedra preciosa encontrada, aprovechando la ocasión para cortejarla. Amaterasu, sonrojada, aceptó los presentes y transcurrido un tiempo cedió a los requerimientos amorosos del monarca de los mares. De aquellas relaciones incestuosas se originaron varias familias de dioses y de una de ellas procede, según se afirma, la dinastía imperial japonesa.

El primer emperador hombre, llamado Jimmu Teno, era nieto de la diosa del Sol y comenzó a regir en el año 660 antes de Cristo. Jimmu Teno recibió de la diosa las islas del Japón y los tres tesoros sagrados: el espejo, el sable y la gema extraída de la bestia marina.

Estos objetos se convirtieron en los emblemas del emperador y fueron guardados en el templo de Isé, envueltos en ricas telas de seda.

Tíbet

El árbol soberbio

Se ha asignado el nombre de Himalaya (que en sánscrito quiere decir "mansión de la nieve") a la cadena montañosa que se extiende del oriente al occidente entre los valles del Indo y del Brahmaputra y separa el Indostán del Tíbet. Comprende las cumbres más elevadas del planeta entre las cuales destaca el Everest, de 8 845 m de altura, situado entre Nepal y la República Popular China, que Hillary escaló por vez primera en 1953. Los Himalaya han tenido un lugar importante en las mitologías de los pueblos asiáticos que los rodean y como ejemplo de lo anterior, presento una fábula tibetana.

Se dice que hace muchísimos años se levantaba en el Everest un árbol gigantesco de extraordinaria frondosidad.

Cierto día un monje budista, de nombre Shinram, extenuado por el calor y la fatiga decidió sentarse a la sombra de aquel portento natural y luego de contemplar su dura corteza, el verdor de sus hojas y sus ramas interminables, no pudo abstenerse de elogiarlo y exclamar que seguramente lo protegía algún dios, pues de otra manera los huracanes y las fuertes ventiscas que soplan en el Tíbet lo habrían derribado.

De repente, el árbol se agitó y una voz estruendosa, proveniente de su tronco, le manifestó al admirado lama que ninguna divinidad lo cuidaba y debido a su fortaleza el propio viento lo rehuía.

Aquellas palabras llenas de soberbia indignaron a Shinram, quien, levantándose, dijo:

—¿Cómo te atreves, miserable vegetal, a menospreciar de tal manera a uno de los dioses más poderosos, que es el terror del mundo?

Y se marchó apoyándose en su grueso cayado, murmurando palabras de enojo contra el soberbio árbol.

Al poco rato el cielo se oscureció súbitamente, la yerba del lugar se inclinó, temerosa, y el Señor de los Vientos hizo acto de presencia.

El árbol comprendió que su fanfarronería había ido demasiado lejos y, temblando de miedo, se disculpó de la mejor manera que pudo.

Sin embargo, el dios estaba muy ofendido y le aseguró en tono amenazador:

—¡Tengo la fuerza suficiente para derribarte en un segundo, como al más pequeño de los arbustos! Si hasta ahora te he perdonado la vida es porque en el inicio de los tiempos, cuando Brahma se dedicaba a dar orden a las cosas y trabajaba en la creación del mundo, agotado decidió reposar bajo tu sombra y me ordenó que te respetara. Como has pecado, ya no gozarás de tal privilegio y he de castigarte, pero me reservaré dicha tarea para mañana, a fin de meditar muy bien el escarmiento que mereces.

Después de pronunciar esta última palabra, el Viento se alejó, abatiendo cuanto objeto encontraba a su paso y el árbol, lleno de angustia, imaginó que correría la peor de las suertes. Durante toda la noche buscó alguna forma de evitar el castigo y discurrió por fin arrancarse todas las ramas y hojas para resistir el huracán y sobrevivir.

Cuando el sol matinal inundó la montaña con su luz rosada, el que antes había sido una maravilla de la flora quedó reducido a un miserable tronco desnudo.

Antes del mediodía, el Señor del Viento apareció, deseoso de vengarse, pero al advertir el estado lamentable del árbol se mitigó su cólera y con una sonrisa irónica exclamó:

—Veo que tú mismo has castigado tu soberbia, pues no eres ni la sombra de lo que fuiste, sino un espectáculo grotesco y en delante los animales, las plantas, los hombres e inclusive los dioses se reirán de ti.

Y regresó satisfecho a las mansiones celestiales, dejando al árbol triste y humillado.

India

La indiscreción femenina

Una antigua fábula hindú narra que Garuda, el dios pájaro, devoró ocho familias de serpientes; mas Pundarica, la cabeza de la novena, logró huir adoptando la figura de un brahmán. Posteriormente se dirigió a la ciudad de Daravas, solicitó asilo al sacerdote Somcharma, y éste, luego de comprobar que Pundarica sabía interpretar los *Vedas* y observaba con escrúpulo todos los ritos prescritos, le permitió vivir en su casa. El agradecido huésped adoptó la costumbre de proporcionar a su anfitrión la totalidad de las limosnas que recibía al predicar la palabra divina y, transcurrido un tiempo, se casó con la hija de Somcharma.

Cierto día en que la esposa de Pundarica fue al lago, mientras llenaba de agua sus cántaros escuchó a otras mujeres ensalzar a sus maridos de acuerdo con la posición económica y los orígenes nobles que tenían, y aquello le provocó gran envidia. Así, al reunirse con su cónyuge la mujer le pidió que le revelara su procedencia. El supuesto brahmán le confesó, después de hacer que le prometiera que sería discreta, los motivos de su estancia en Daravas y se mostró ante ella en toda su real majestad, dejándola muy sorprendida, pero con el ego satisfecho.

Al día siguiente, cuando la joven fue al lago por agua, las mujeres seguían en su actitud presuntuosa. Cuando le preguntaron sobre el linaje de su esposo, les dijo con altivez que se trataba del dios de las serpientes. Para mala fortuna de la indiscreta mujer, Garuda, quien proseguía la búsqueda, la oyó al pasar y, transformado en gorrión, se posó en el cántaro de la incauta y llegó así a la casa de Somcharma.

Al verlos, el rey de las serpientes se sintió atrapado e intuyendo lo ocurrido exclamó: "A las mujeres no se les debe contar ningún secreto, aunque esté uno a punto de perder la vida..."

Garuda se disponía a darle fin, cuando la esposa logró conmoverlo y salvar a Pundarica, al recitar la estrofa sánscrita: "Quien no reconoce como maestro a quien le ha regalado aunque sea sólo una sílaba, residirá cien veces en entrañas de madre, para renacer entre los que no tienen casta, del vientre de una perra".

Una burrada

Según una fábula hindú, en cierto bosque, el león Karalakesara y el chacal Dhusakara se dedicaban a la caza y dividían las piezas.

En una infausta ocasión, el león luchó con un elefante y fue tan dura la pelea que recibió heridas tan considerables que no podía mover ni una pata.

Transcurridos unos días, el chacal advirtió que sin la ayuda de su compañero le sería difícil subsistir y, atormentado por el hambre, visitó a su amigo convaleciente. El león emitió un débil rugido de alegría al verlo. A pesar de no encontrarse completamente restablecido, le prometió a Dhusakara que mataría a cualquier animal si éste encontraba la forma de llevarlo a su presencia.

El chacal se puso a buscar y, en un pueblo cercano, descubrió a un burro que comía afanosamente unos abrojos impregnados de polvo. De inmediato se le acercó y, luego de enterarse de que respondía al nombre de Lumbakarna, le hizo plática.

Dhusakara supo que el asno pertenecía a un lavandero cruel que lo martirizaba con enormes cargas y no se ocupaba de su manutención. Entonces, con palabras dulces le propuso que lo acompañara a una supuesta región de belleza incomparable, en la que abundaba el forraje. El burro se entusiasmó, por lo que solicitó mayor información acerca del "lugar de ensueño". Sin embargo, tuvo miedo de partir pues recordó que en aquellos lares existía un buen número de bestias salvajes. El chacal le aseguró que nada le ocurriría en su compañía, pero como el burro se mostraba receloso, inventó que, atraídas por el encanto de la región, habían llegado a ella tres hermosas pollinas que deseaban marido. Gracias a ese ardid venció la resistencia de Lambakarna.

Cuando el asno y el chacal llegaron al lugar donde estaba el león, éste se lanzó sobre el asno. Como carecía de las energías necesarias, el asno se le escapó, provocando el enojo del chacal.

—Si lo convences de que regrese, sacaré fuerzas de flaqueza y no fallaré —prometió Karalakesara. Su compañero no tuvo más remedio que seguir las huellas del burro, hasta que logró localizarlo.

El borrico le reclamó el haberlo expuesto a la muerte, pero el astuto chacal afirmó, entre risas, que estaba equivocado, pues el supuesto ataque no era sino la muestra afectiva de una robusta pollina que al verlo llegar había intentado abrazarlo apasionadamente pues languidecía por su amor. El imprudente asno creyó en el argumento y Dhusakara lo condujo a la muerte.

Después de victimar al burro, el león dejó a su compañero custodiándolo y se fue a bañar a un río, pero el chacal, hambriento, no pudo resistirse y se comió las orejas y el corazón, que eran consideradas las piezas más suculentas. Al regresar Karalakesara se enfureció por ello, pero el chacal le aseguró que el burro nunca había tenido dichos órganos, porque sólo así se podía explicar que después de escapar a la fuerza del león, volviera para ser ultimado.

Buda bajo el aspecto de liebre

Sabemos actualmente que en el periodo sinódico, cuya duración es de 29 días y medio, las fases de nuestro satélite natural se repiten con la exactitud de un reloj: luna nueva, cuarto creciente, periodo giboso, plenilunio y después se realiza el ciclo menguante en forma inversa, hasta llegar al punto original. En el pasado no ocurría lo mismo y las tribus primitivas consideraban que al anochecer, cuando el dios Sol se iba a descansar, colgaba una gran lámpara (la Luna) en el cielo oscuro. Asimismo, los juegos de luz y sombra que pueden verse en la superficie lunar propiciaron la creación de una serie de leyendas y, de tal suerte, los aborígenes australianos identificaron a la Luna con un ojo de gato; a los pieles rojas les hacía evocar la figura de un sapo cornudo; los nativos de Samoa aseguraban que se trataba de una anciana que está tejiendo nubes, las jóvenes irlandesas buscaban en el pálido disco lunar el rostro de su futuro esposo y los habitantes de la India veían dibujada una liebre en dicho satélite, por los motivos que expresaré a continuación.

Hace varios siglos, el futuro Buda nació en forma de liebre y le correspondió vivir en un bosque en el que hizo amistad con un trío de animales: un mono, un chacal y una nutria. Bajo este aspecto leporino, quien tiempo después regresaría al mundo como el príncipe Siddharta Gautama, se convirtió en el líder del grupo y además de aconsejar sabiamente a sus camaradas, no perdía ocasión de trasmitirles la doctrina religiosa y exhortarlos a seguirla.

Cierta noche que estaban reunidos, la docta liebre les advirtió, al contemplar la Luna, que al día siguiente habría que ayunar. Instó al resto de los animales a obedecer la orden. Además, les sugirió practicar la caridad.

A la mañana siguiente, la nutria vagaba por la orilla de un río, cuando vio a un pescador que enterraba en la arena siete pescados rojos ensartados en un sarmiento.

El astuto mamífero esperó a que se alejara el humano y escarbó en el sitio preciso, hasta dejar los peces al descubierto, luego asió la rama con los dientes y arrastró el botín hasta su madriguera, pero no se atrevió a tocarlo porque deseaba guardar la orden.

Entretanto, el mono saltaba de árbol en árbol y, de repente, descubrió un jugoso racimo de mangos. Jubiloso, lo arrancó y de buena gana se habría comido uno de los frutos, pero recordó las enseñanzas de la liebre y decidió guardarlo en su casa para el día siguiente.

Por su parte, el chacal llegó a la cabaña de un guardabosques y al encontrarla deshabitada, penetró cauteloso a su interior. Se adueñó de un tarro de manteca agria, dos trozos de carne asada y uno de iguana. Con dificultades, se llevó todo a su cubil y a pesar de que lo acosaba el hambre, también optó por observar el ayuno.

Mientras esto pasaba, el futuro Buda yacía en su guarida descansando, cuando atravesó por su mente la idea de que si alguien le solicitaba comida nada podría darle. Sin embargo, resolvió de inmediato que estaría dispuesto a ofrendar su propia vida.

El dios Brahma captó aquel pensamiento y para averiguar si había sinceridad en Siddharta, se disfrazó de bonzo y descendió a la Tierra. Ya en el bosque, se topó con la nutria y aprovechó la oportunidad para probarla. Le aseguró al nervioso animalito que no había probado alimento en varios días y la nutria, sin dudarlo siquiera, le ofreció los pescados que había conseguido. El falso monje agradeció la buena disposición, pero rechazó los pescados porque dijo encontrarse también ayunando y continuó su camino.

Antes de encontrar a la liebre, visitó al mono y al chacal. Les hizo la misma petición que a la nutria, obteniendo resultados similares, y procedió de igual manera. Al tener frente a sí al futuro Buda, le suplicó que le diera alimento y la liebre, cumpliendo su promesa, pidió al dios metamorfoseado en sacerdote que hiciera una hoguera en un claro del bosque para saltar a ella y brindarle su carne.

Brahma siguió la indicación, pero con su mágico poder no permitió que la liebre se chamuscara ni siquiera un pelo, sino que experimentara la sensación de sumergirse en un lecho de blandas nubes. Paso seguido descubrió su identidad y, para dejar testimonio de aquella conducta ejemplar, se convirtió en gigante, destruyó una montaña con sus manos y valiéndose del polvo obtenido dibujó en el disco lunar la figura de una liebre.

Babilonia

El diluvio

La leyenda sobre el diluvio universal contenida en la *Biblia* no es exclusiva del pueblo hebreo, pues diversas mitologías de la antigüedad hacen referencia a ella. Por ejemplo, hay una versión babilónica anterior sobre dicho fenómeno extraordinario, la llamada *Epopeya de Gilgamesh*, la cual, junto con algunas otras, nos revela que quienes escribieron parte del Antiguo Testamento tuvieron acceso a dichos relatos y, al adecuarlos a sus tradiciones, les imprimieron un carácter moral.

En la *Epopeya de Gilgamesh*, se narra que los dioses, cansados de la iniquidad de los hombres, se reunieron a orillas del Éufrates y decidieron que éstos perecieran ahogados, para lo cual harían caer un diluvio. Ea o Enki, dios de las aguas, que compartía sus atribuciones con su hija, la diosa Nina, se apiadó de la humanidad y trasmitió el secreto designio de las divinidades a una hilera de cañas, mismas que previnieron de la catástrofe a Utnapishtim, morador de una región llamada Surippak donde sí se observaban los preceptos religiosos.

Atendiendo al consejo, el habitante de Surippak construyó una nave enorme y guardó en ella sus riquezas, ganado y en general toda semilla de vida; introdujo también a su familia en la embarcación y así logró salvar la vida cuando llegó el instante funesto en que Shamash, el jefe de las tinieblas, desató una lluvia inclemente, tan intensa y duradera que cubrió al mundo. Transcurrieron seis días tormentosos y al séptimo el mal tiempo cesó al fin; pero casi toda la humanidad había desaparecido.

La nave de Utnapishtim se detuvo al topar con la cumbre del monte Nisir y al advertir el descenso paulatino de las aguas, los únicos sobrevivientes decidieron soltar una paloma y una golondrina, pero ambas aves volvieron al poco rato a la embarcación, pues no encontraron dónde posarse. Posteriormente, enviaron un cuervo y éste no regresó. Dicha señal indicó a Utnapishtim que ya no era necesario permanecer en el navío; y luego de salir hizo una libación y colocó una ofrenda en la cima de la montaña referida. Los dioses aceptaron de buen grado la ofrenda, excepto Bel (Señor de los huracanes), quien se irritó por no haber conseguido el exterminio general de los hombres.

Sin embargo, Ea encontró la forma de apaciguarlo, tras lo cual, en prueba de reconciliación, otorgó al Noé babilónico y a su mujer la divinidad y les fijó una residencia a lo lejos, cerca de la desembocadura del río de la muerte, en un paraje inhóspito.

Muchos años después, Utnapishtim recibió la visita de Gilgamesh, su bisnieto (héroe legendario y rey de Uruk, portento de facultades físicas), quien fue en su busca para que le revelara la manera de conseguir la inmortalidad. El sobreviviente del diluvio le narró entonces cómo la había obtenido, merced a la condescendencia de Bel y lamentó no poder hacer nada en su favor.

Ante la insistencia de Gilgamesh y para demostrar la fuerza del destino, Utnapishtim le propuso a aquél realizar la prueba siguiente: no acostarse (porque el sueño es la imagen de la muerte) durante seis días y siete noches. El rey de Uruk aceptó el desafío, pero apenas se hubo sentado, lo venció un profundo sopor.

Cuando se despertó, su bisabuelo se mofó de él y, derrotado, Gilgamesh se dispuso a volver a su reino. Utnapishtim quiso consolarlo indicándole que en el fondo del océano crecía una planta espinosa, la cual, al ser comida, trasmitía la juventud. El héroe se ató a los pies unas piedras de gran peso y se arrojó al agua. Ya en el lecho marino, halló lo que buscaba, se deshizo de su lastre y al regresar a la tierra probó la planta, sintiendo que una nueva fuerza corría por sus venas.

Cuando estaba a punto de regresar a su país, se detuvo a refrescarse en un manantial y mientras lo hacía, una serpiente, atraída por el olor que despedía aún la planta mágica, lo mordió y le sustrajo el líquido prodigioso.

Según Van Gennep, estudioso de los mitos, en las leyendas del diluvio hebraico, cuyo antecedente se ha narrado, no debemos concretarnos a descubrir en ella el tema del castigo de Dios, sino entenderlo como una destrucción catártica o purificadora, que hace posible nuevas formas de vida y simboliza el final de un periodo de la humanidad, que abre paso a otro.

Los jardines colgantes de Babilonia

El número siete ha tenido connotaciones esotéricas y sagradas desde la antigüedad, debido en parte a que está compuesto por dos cifras de la suerte: el cuatro y el tres. Así, su presencia es incontable en el folklore, la religión, la literatura e inclusive en las ciencias exactas. Por ejemplo, la semana está formada por siete días, lapso en el cual, según el Antiguo Testamento, se realizó la Creación. Son siete los colores del espectro solar e igual número corresponde a los pecados capitales. En otros ámbitos, se habla de los "siete mares" y Shakespeare se refirió alguna vez a las "siete edades del hombre".

Por todo lo anterior, no nos causa extrañeza que durante el siglo III a. de C. fuera elaborada la que al parecer fue la primera lista de las "siete maravillas del mundo", según testimonio de un poema escrito cien años más tarde por Antípatro de Sidón, que vivió en Alejandría.

En el catálogo referido y en otro posterior ideado un siglo después por el ingeniero griego Filón de Bizancio, se encuentran reflejados los valores estéticos de la cultura helénica y su admiración por la destreza constructiva, dado que sólo una de las maravillas tenía un fin práctico: el faro de Alejandría, el cual medía aproximadamente 134 m de altura, fue erigido por el arquitecto Sóstrato de Cnido hacia el año 280 a. de C. y quedó en ruinas tras un terremoto ocurrido en el año 796 de nuestra era.

Otra de las construcciones seleccionadas eran las pirámides de Giza, en Egipto, levantadas entre 2700 y 2300 a. de C. como mausoleos para los faraones Keops, Kefrén y Micerino.

Se incluía también el templo de Artemisa en Éfeso, ciudad griega situada a 56 km al sur de Izmir (Turquía), erigido por encargo del rey Creso, hacia 560 a. de C.; dicha obra fue incendiada posteriormente, reconstruida 200 años más tarde y destruida definitivamente por los godos en el año 262 de nuestra era.

La estatua de Zeus —en Olimpia, sede de los famosos juegos—, obra maestra del escultor ateniense Fidias, quien la ejecutó hacia 430 a. de C., elaborada de madera recubierta de oro y marfil, de 12 m de alto y que sucumbió a causa de un terremoto en el siglo VI, formaba parte del grupo de "maravillas".

De igual manera, el mausoleo de Halicarnaso, en la ciudad del mismo nombre ubicada en la costa de Asia Menor, tumba fastuosa diseñada por el arquitecto griego Pitio de Priene por encargo de la viuda de Mausolo, gobernador persa de Caria. Medía 49 m de altura, fue dañada parcialmente por un terremoto y después los caballeros de San Juan utilizaron las piedras que la formaban para construir una fortaleza.

El Coloso de Rodas, en el puerto de la isla griega del mismo nombre, que medía más de 30 m de altura y correspondía a Helios, dios del Sol diseñado y construido por el escultor Cores hacia 290 a. de C., también fue víctima de un sismo cuando apenas llevaba 66 años en pie y casi un milenio más tarde los árabes lograron recuperar el revestimiento de lámina batida de bronce que cubría el armazón de piedra y hierro utilizado.

En su elección, Filón de Bizancio suplió al faro de Alejandría por las murallas de Babilonia, que medían 18 km de perímetro y 7 m de espesor y estaban dotadas de magníficas puertas, de las cuales la más hermosa era la de Ishtar ("diosa de la mañana y del atardecer", personificación divina del planeta Venus, dedicada a la guerra y al amor), misma que se encuentra actualmente en el Museo de Pérgamo en Berlín Oriental.

Finalmente, y también de la hermosa ciudad de Babilonia, eran parte de la lista los célebres jardines colgantes, que se erguían majestuosos sobre el río Éufrates, en lo que actualmente es Irak. Fueron construidos bajo el reinado de Nabucodonosor (605 a 562 a. de C.), aunque una leyenda asegura que fueron creados por encargo de Semíramis, la legendaria reina de Asiria y Babilonia.

Semíramis era hija de Derceto, virgen dedicada al culto, y de un joven sacerdote. En virtud de que ambos amantes habían hecho voto de castidad, al descubrirse su pecado fueron buscados implacablemente para castigarlos y, desesperada, la sacerdotisa abandonó a la recién nacida en un lugar solitario, le quitó la vida al padre de la menor para evitarle un suplicio terrible y se arrojó a un lago, donde se convirtió en pez.

Al ver a la hermosa niña en completo desamparo, los dioses tuvieron piedad de ella y encomendaron a las palomas que la cuidaran, le dieran calor y le procuraran alimento. Así, dichas aves hurtaban de las poblaciones cercanas leche, pan y queso y con sus picos le daban de comer a la criatura.

Simmas, un pastor de la comarca advirtió los robos de las palomas, investigó su causa y al encontrar a la pequeña decidió adoptarla, bautizándola con el nombre de Semíramis, por corresponder tal nombre al de las aves que la habían protegido. La niña creció rápidamente y al poco tiempo se transformó en una joven de extraordinaria belleza.

Como su padre adoptivo estaba encargado de la ganadería real, cierto día la descubrió casualmente el intendente del palacio y, al verla tan hermosa, no dudó en llevarla ante Oanes, gobernador de la provincia, quien se enamoró perdidamente de Semíramis y la hizo su esposa.

Un par de años después, Nino, rey de Asiria, le declaró la guerra a un pueblo enemigo. Oanes hubo de partir a la batalla y aunque trató de disuadir a su mujer, ésta se empeñó en seguirlo, ansiosa por conocer la emoción del combate. Ya en plena acción bélica, cuando todo parecía indicar que la resistencia había triunfado, Semíramis, vestida de guerrero, tomó el mando de las tropas asirias y las enardeció de tal modo que obtuvieron la victoria.

A Nino le impresionó ese hecho insólito y, cautivado además por la belleza de la hija adoptiva de Simmas, haciendo uso de la prerrogativa regia, se la arrebató a Oanes, quien se suicidó por el dolor, según unas versiones, o fue cegado y encarcelado por el Soberano, según otras..

Semíramis brilló rápidamente como reina en Nínive, capital de Asiria, y al parecer mandó degollar a su segundo esposo o quizá el monarca huyó asustado a Creta al ser testigo de las costumbres licenciosas de su libidinosa mujer. Independientemente de lo ocurrido, la beldad acaparó el poder y logró extender los dominios del imperio. Las conquistas realizadas le proporcionaron a Semíramis tales riquezas que no le fue difícil construir nuevas ciudades, embellecer Babilonia y erigir los célebres jardines colgantes.

Algunos han escrito que su reinado duró largo tiempo y finalizó cuando pereció en una batalla contra Ninyas, hijo suyo. Otros, con mayor fantasía, aseguran que Semíramis, después de gobernar 42 años, atormentada por los remordimientos que le hacían ver en todas partes el fantasma de Nino, decidió transformarse en paloma, se unió a una bandada de estas aves y voló para siempre.

La escritura

Al analizar la evolución cultural de la humanidad, encontramos que las escrituras más antiguas datan de seis mil años aproximadamente, lo cual revela que durante el periodo paleolítico el hombre no desarrolló ese tipo de comunicación.

La primera forma de escritura fueron los pictogramas (utilizados por los piel roja), y con ellos, si se pretendía referirse a un individuo en determinada actitud, era pintada la escena de manera simplificada.

Después aparecieron los ideogramas, consistentes en la representación de ideas. Los egipcios se valieron de ello y, por citar algunos ejemplos, representaron el agua con una línea ondulada y al faraón mediante una avispa.

Más tarde, cuando se estableció relación entre la escritura y la lengua hablada surgió el fonograma o escritura alfabética, muy precariamente empleado por los mexicas y los mayas.

En Babilonia, se progresó a tal grado que las sílabas fueron representadas por signos, dando origen a la escritura cuneiforme. El pueblo fenicio creó el primer alfabeto de 22 letras y se encargó de llevarlo a Grecia, donde lo adaptaron agregándole las vocales.

Siglos después, cuando los romanos conquistaron a los griegos, con mediación de los etruscos, tomaron el alfabeto e incluyeron las mayúsculas, formando así su propio abecedario, difundiéndolo a todos los rincones del imperio, del que era parte la península ibérica.

Entre las lenguas romances, derivadas del latín, cobró vida el español y a raíz de la conquista, penetró en nuestro continente.

Volviendo al punto referente a la aparición de la escritura, una leyenda persa aborda dicho tema y le atribuye un carácter mágico, según podrá advertirse en las siguientes líneas.

Hace miles de años reinaba en Persia un joven emperador llamado Tamuras. Cierto día se presentó en el palacio real un viejo mago proveniente de lejanos países y le ofreció al monarca revelarle los secretos de las ciencias ocultas a cambio de un saco de gemas de alto valor. Tamuras aceptó de inmediato y durante una semana permaneció encerrado con el afamado hechicero en una habitación secreta, recibiendo las enseñanzas prometidas.

Transcurrido dicho periodo, el mago abandonó, satisfecho, el palacio llevando consigo la recompensa pactada e igualmente el Sha hinshá (rey de reyes, en persa) experimentó gran alegría al haber adquirido poderes suficientes para derrotar a los terribles divs, sus antiguos enemigos.

De inmediato ordenó a sus generales que prepararan un poderoso ejército y luego, ya a solas, pronunció unas palabras misteriosas y se hizo invisible. Se trasladó después al interior de la fortaleza de Abrimán, el cruel soberano de los divs, y al encontrarse en la sala del trono se aproximó a él, susurró una frase mágica a su oído, también lo volvió invisible y lo condujo a su reino volando por los aires.

Ya en su palacio, Tamuras echó en un brasero encendido ramas de áloe y pétalos de rosa, provocando que se elevaran nubes de humo azulado, dijo un conjuro y transformó a su prisionero en un hermoso corcel negro.

A nadie le confió el secreto e inclusive hizo circular la noticia de que le habían obsequiado tan magnífico equino, mismo que fue cuidado de manera especial en las caballerizas reales.

Cuando el monarca persa creyó llegado el momento preciso, aprovechando que entre los divs reinaba la discordia y el desorden debido a la ausencia de su jefe, dio la orden de ataque y luego de un terrible enfrentamiento, venció a sus enemigos y capturó a los príncipes herederos.

Los prisioneros propusieron a Tamuras darle a conocer un secreto de enorme importancia, si a cambio les devolvía a su padre y los dejaba a todos en libertad. El joven y astuto rey persa accedió, no sin antes tomar algunas medidas precautorias y Abrimán recobró su forma humana. Entonces los príncipes, fieles a su promesa, le revelaron el desconocido arte de la escritura y a partir de entonces los persas difundieron su ciencia por todo el mundo.

Por su parte, el soberano de los divs y sus hijos se fueron a vivir a una gruta en lo más alto de la montaña para meditar la mejor forma de vengarse de Tamuras, pero éste, gracias a su inteligencia y dominio de la magia, pudo salir bien librado de las celadas que le tendieron.

Arabia

El fruto prohibido

Desde los albores de la civilización ha existido una opinión muy generalizada de que las mujeres son curiosas por naturaleza, los hombres condescendientes a los ruegos femeninos y ambos proclives a infringir los tabúes. Prueba de ello es el célebre mito hebraico de Adán y Eva, que ha servido a su vez como base para dar vida a leyendas posteriores en las que se reafirman dichas hipótesis.

Como ejemplo de lo anterior, una fábula de origen musulmán señala que uno de los 37 califas de la estirpe de los Abasidas, que se distinguía por justo e inteligente, fue invitado a participar en una cacería y al ir en busca de una presa se extravió en un bosque situado en los alrededores de Bagdad. Luego de varios intentos fallidos de reunirse con sus acompañantes, bajó de su corcel y tomándolo de la brida anduvo errante gran parte de la noche, hasta que, rendido de fatiga, se recostó en la suave yerba y no tardó en dormirse.

Amanecía cuando el califa despertó a causa de los fuertes lamentos que profería una mujer y, al aguzar el oído, la escuchó maldecir a Eva por desobedecer a Dios y probar el fruto prohibido. De inmediato, una ronca voz masculina corroboró lo anterior y reprochó al primer varón del género humano su nula firmeza por haber accedido al capricho de su esposa, provocar la expulsión del Paraíso y condenar a su descendencia a ganarse el pan trabajando arduamente.

El príncipe sarraceno, molesto por la interrupción, pero todavía más porque era un celoso creyente, decidió llegar hasta el sitio en que se encontraban los blasfemos para reprenderlos. Al toparse con ellos, advirtió que se trataba de un matrimonio de humildes leñadores. La pareja le narró entonces que, a pesar de madrugar y laborar sin descanso el día entero, se encontraban en la miseria, e insistieron en que, de no ser por la desobediencia de Adán y Eva, quizá su condición económica igualaría a la del califa de Bagdad.

Al conocer ese punto de vista, el soberano, conmovido y sonriente, reveló su identidad e invitó a vivir en su palacio a los asombrados cónyuges.

Los leñadores no cabían en sí de gozo por el cambio repentino de su fortuna y luego de bendecir repetidamente al califa, lo condujeron hasta Bagdad.

Apenas hicieron acto de presencia en la corte, el monarca ordenó que la pareja fuera llevada a los baños; posteriormente les obsequió trajes confeccionados con fina seda e incluso dio al esposo el nombramiento de primer visir. Como les sucede frecuentemente a los nuevos ricos, el vertiginoso ascenso envaneció a los antiguos taladores de árboles y los demás cortesanos empezaron a murmurar debido a su orgullo insoportable, mientras el príncipe se divertía al verlos comportarse de manera ridícula.

Cierto día en que el matrimonio dispuso lo necesario para comer a solas, el monarca aprovechó la ocasión para someterlos a una prueba. A fin de llevarla a cabo, indicó a los sirvientes que atendieran normalmente a los comensales, pero colocaran en el centro de la mesa una bandeja cubierta con una tapadera de fina plata y les hicieran la advertencia de que él había prohibido tocarla siquiera, bajo pena de muerte en caso de incumplimiento. Apenas hubo escuchado el mensaje, la mujer despidió con insultos al criado y estaba a punto de satisfacer su curiosidad, cuando un oficial reiteró el mandato. Ella fingió aceptar la orden y, ante su promesa de respeto a la voluntad real, el guardia se marchó.

Cuando quedaron solos, la esposa no pudo contenerse más y quiso retirar la tapadera, pero el marido lo impidió, pensando en el mal que sobrevendría si eran descubiertos. La mujer insistió y con algunos argumentos hizo que su cónyuge cediera. Entre ambos quitaron la cubierta y retrocedieron, perplejos, al descubrir que un enjambre de abejas escapaba de la bandeja y salía por la ventana zumbando.

El califa, que los espiaba desde una celosía, irrumpió en la habitación, les recordó los motivos de sus blasfemias y equiparó su falta a la cometida por Adán y Eva. Estaba a punto de enviarlos al verdugo cuando los culpables se arrojaron a sus pies y solicitaron su perdón. El monarca decidió conmutar la sanción, les devolvió su ropa andrajosa y los reintegró a sus labores originales.

Indonesia

El heredero deseado

Al inicio de los tiempos, Ompong Batara Guru di-atas, el dios del cielo, estaba casado con la bella hija de Ompong Debata di-toru, quien reinaba en los infiernos. La pareja divina mantenía buena relación, pero le faltaba la llegada de un heredero para alcanzar la dicha completa y al transcurrir cuatro años de espera infructuosa, Batara Guru y su mujer decidieron hacer penitencia.

Vestidos con harapos, abandonaron el palacio, y llevando consigo únicamente algunos áperos de labranza, se fueron a vivir a una choza situada a la orilla del mar celestial. En el terreno aledaño a su nuevo hogar plantaron hermosas flores y frutos deliciosos, pero una tarde calurosa, mientras dormían la siesta, Tumuldang di-bosi, una gigantesca serpiente marina, devoró las plantas y los árboles que encontró a su paso y después, ahíta, se tendió a descansar sobre las eras.

Batara Guru despertó más tarde, y cuando descubrió los destrozos que había producido el monstruo, encolerizado, le ordenó a su diuwa (jefe de los guerreros) que diera muerte a aquel ser descomunal. El comandante pensaba cumplir el mandato, pero al ver los grandes y filosos colmillos de la bestia juzgó que sería más conveniente arreglarse con ella por las buenas. Interrumpió el sueño del fabuloso animal de la manera menos brusca que encontró y después, tímidamente se atrevió a reprocharle su proceder.

Tumuldang di-bosi le respondió furiosa que para salvar la vida llamara enseguida a Batara Guru y a su esposa y les indicara que le llevasen plátanos y otras ofrendas para saciar su hambre. El diuwa corrió hasta la choza para narrarle a su señor los pormenores de su entrevista con la serpiente marina y el dios celeste, acompañado de su mujer, se dirigió a donde estaba el monstruo, no sin antes reunir todas las cosas requeridas.

Al tener frente a sí al reptil Batara Guru le reclamó por haber invadido su imperio. Tumuldang di-bosi repuso que había actuado de aquel modo para hacerlo desistir de su vida ascética y ayudarlos a tener descendencia. El dios del cielo, impaciente, le pidió que le revelara esto último, mas el monstruo dijo que lo haría después de que le depositara en el gaznate los alimentos solicitados.

Batara Guru temió caer en una celada y la serpiente marina, al advertir su recelo, le sugirió que le pusiera su espada en el hocico para que sin mayor preocupación depositase con la mano los alimentos. Así lo hizo el dios y cuando acabó su tarea vio, asombrado, que un fino anillo centelleaba en uno de sus dedos. Retiró su arma y Tumuldang di-bosi le aseguró que, valiéndose de aquella sortija de los deseos, conseguiría la progenie anhelada, se despidió de modo cortés y desapareció entre las olas.

La pareja divina se regocijó, regresó a su antigua morada y cuando fue luna llena frotaron con zumo de limón el anillo y desearon fervientemente tener un hijo. Nueve meses después vieron logrado su propósito. Debido a la prolongada espera que habían soportado, utilizaron la sortija cuatro veces más y la familia creció. Los varones se llamaron Paduca di Adyi, Tuwan Benuwa Coling y Tuwan Raya Samsai Sahimahina; las mujeres: Tuwan Benuwa Catyi y Tuwan Benuwa Nangili Bulan.

Paduca di Adyi, el hijo mayor, fue a vivir a los infiernos con su abuelo. El más joven permaneció con sus padres y el último decidió crear la Tierra. Para ello, con siete puñados de barro formó un disco y lo colgó del cielo con hilos de seda, pero su hermano que moraba en el averno produjo una tormenta para desmoronar su obra, porque interceptaba la luz solar.

Tuwan Benuwa Coling intentó formar la Tierra seis veces más y otras tantas Paduca di Adyi la destruyó. Entonces intervino Batara Guru y aprovechando que su primogénito dormía, descendió al infierno, colocó sobre él una reja de hierro y creó finalmente el disco de la Tierra, lo pulió y lo hizo llano. Al volver el dios a la vigilia y encontrarse en cautiverio, golpeó furioso los barrotes con tal fuerza que agitó el planeta y se produjeron las montañas y los valles, mas no pudo salir de su cárcel, donde ha permanecido hasta nuestros días, según se afirma, y cuando hace nuevos intentos por abandonar su prisión, el mundo se estremece.

Oceanía

Melanesia

Melanesia Melanesia, cuyo significado es el de *islas de los negros*, forma parte de Oceanía y comprende tres regiones principales: Nueva Guinea, una guirnalda de archipiélagos volcánicos (islas Salomón, Nuevas Hébridas, Nueva Caledonia), y, un poco al margen, las islas Fidji.

Nueva Guinea, una isla que ocupa el segundo lugar mundial en extensión (771 900 km^2), sólo después de Groenlandia. Actualmente es el Estado de Papuasia que logró la independencia en 1975, dentro de la Comunidad Británica de Naciones, ocupa la mitad oriental de esta gran porción de tierra que rodean las aguas oceánicas.

Las islas Salomón, entre las que se incluyen Guadalcanal, Malaita, Florida, Nueva Georgia, Choiseul, Santa Isabel, San Cristóbal, Santa Cruz y otras más, se encontraban divididas, antes de 1914, entre Inglaterra y Alemania, y después fueron administradas por la Gran Bretaña y Australia, alcanzando en 1978 la independencia.

Las Nuevas Hébridas constituyen un archipiélago volcánico formado por 37 islas que alcanzan un total de 14 762 km^2 y pertenecen a un condominio francobritánico.

Nueva Caledonia, con una superficie de 19 000 km^2, fue descubierta por Cook en 1774 y Francia ejerce dominio sobre ella desde 1853.

Entre las islas Fidji destacan Vanua Levu y Viti Levu y el archipiélago (18 736 km^2); dependió de Gran Bretaña a partir de 1874, proclamándose Estado independiente en 1970.

El área geográfica de Melanesia, cinco veces menor que Polinesia, presenta una heterogeneidad notable, de tal manera que la antropología física, la lingüística y la sociología se ensamblan, superponen o entrechocan en lo que alude a sus respectivos imperios, cuando se pretenda estudiarla.

No obstante lo anterior, se han distinguido tres conjuntos culturales principales: el de los "negritos" del centro de Nueva Guinea, el de los papúes y los melanesios, que se caracterizaban por ser los más avanzados.

Estos últimos consideraban, en relación con el origen mítico del mundo y de los seres vivos, que en un principio existía un gran desierto y un océano estancado sin mareas.

Cierto día estalló una roca y de su interior surgió Qat, espíritu (viu) que formó diferentes seres vivos de los reinos vegetal y animal. Para crear la especie humana talló en un árbol los cuerpos de tres hombres y otro tanto de mujeres, los modeló cuidadosamente y luego los escondió en un bosque durante tres días. Hecho esto consiguió darles vida al danzar y tocar su tambor ante ellos.

Marawa, otro espíritu que apareció en la Tierra, observó las acciones y los gestos de Qat en la ceremonia de creación, y decidió imitarlo. Fabricó entonces seres humanos bajo el mismo procedimiento pero, cuando sus criaturas empezaban a moverse las enterró entre hojas y ramajes, en un agujero que había excavado en el bosque. Al cabo de siete días los sacó de la fosa y los encontró inertes y en estado de putrefacción. A causa de esa iniciativa desafortunada, la humanidad recibió de Marawa su esencia mortal.

Una vez que los hombres poblaron el mundo, exasperados por el día eterno que reinaba en él, le pidieron a Qat una solución y el espíritu bondadoso hizo surgir la noche. Completó además su obra instaurando la periodicidad de las estaciones del año, dotó al océano de mareas y al planeta de lluvias regulares.

El mito descrito tiende a relacionar la noción de la vida con el ciclo vegetativo de las plantaciones que abundan en la región. Asimismo, la creación del hombre representa una identificación completa con el reino de las plantas, pues por una parte se considera que los antepasados de la humanidad provienen de un árbol y la muerte les ocurre luego de quedar sepultados bajo la tierra, entre ramajes.

Polinesia

Polinesia Oceanía es una de las cinco partes en que se divide el mundo y de acuerdo con un criterio más bien etnográfico que geográfico comprende: Polinesia (muchas islas), Melanesia (negras islas), Micronesia (pequeñas islas) y Australia (sureña meridional).

Polinesia abarca todas las tierras dispersas en el Pacífico entre Australia y América: Nueva Zelanda, Hawai (estadounidense), las islas Tonga, Cook, Ellice y Phoenix (británicas), así como las de la Sociedad (con Tahití), las Marquesas y Tuamotú (francesas), forman parte de esta región, cuyos habitantes, de color moreno aceitunado, constituyen una raza de origen malayo.

En esta inmensa área se encuentran vigorosos contrastes de una sociedad a otra en lo relativo a sistemas políticos, creaciones técnicas y artes plásticas; mas, al analizar el pensamiento mitológico, se puede advertir cierta homogeneidad que en vano se buscaría en Melanesia o en Australia.

Así, por ejemplo, la versión mítica sobre el origen del mundo y de los seres vivos recogida en Nueva Zelanda que se abordará en breve, resulta confirmada por las variantes de otros archipiélagos de la región.

De acuerdo con ella, de la unión de Papa (Tierra, femenina) y de Rangi (Cielo, masculino) surgió la vida, mas sólo en forma latente, porque dichos progenitores se mantenían unidos y al descansar el firmamento sobre el mundo, eran desconocidas la luz y la oscuridad.

Al correr de los tiempos nacieron de la pareja divina: Tu, que más tarde llegaría a ser dios de la guerra; Tane, quien se convertiría en señor de los bosques y de las aves y Tawhiri, deidad posterior de los vientos y las tempestades.

Los tres hermanos discutieron sobre la necesidad de liberar a la vida latente del abrazo de sus padres, y Tu propuso exterminarlos.

Tane por su parte, menos drástico, sugirió que se efectuara una separación sin violencia y Tawhiri manifestó que no veía razón para cambiar las cosas.

A fin de cuentas, Tane prevaleció y utilizando su cuerpo como un pilar, logró deshacer el estrecho abrazo del Cielo y de la Tierra, apareciendo entonces la luz en el planeta.

Sin embargo, Tawhiri se alió a su padre e hizo huir a Tane, pero la situación original no fue restaurada debido a que Tu peleó contra ellos. Luego este mismo dios decidió castigar a Tane por su falta de valor, pero como "el valiente dura mientras el cobarde quiere" resultó derrotado.

Posteriormente Tane creó con arcilla a Hine, la primera mujer, le infundió vida y se unió a ella.

Cierto día Hine se enteró de que su marido era también su padre y, abrumada de vergüenza, fue a esconderse al mundo subterráneo, llegando a convertirse en reina de aquellos lugares sombríos bajo el nombre de Hine-Nui-Te-Po (Gran Señora de la Noche).

Además, ese primer incesto del que surgió la humanidad introdujo la muerte, porque Hine-Nui-Te-Po se encarnizó atrayendo a los vivos a sus dominios.

Según M. Panoff, el mito anterior presenta una estructura dialéctica, porque si se realiza en secuencias elementales podremos advertir un encadenamiento de oposiciones que luego son neutralizadas.

Dicha afirmación resulta válida, además, en virtud de que toda la metafísica polinesia y especialmente maorí, está dominada por la antinomia día-noche, con sus modalidades secundarias cielo-tierra y vida-muerte.

De tal manera, la unión original del Cielo y de la Tierra conservando prisionera a la vida latente, alude a la situación inicial de un pensamiento libre de toda contradicción, pero condenado a la inmovilidad. Surge entonces la oposición, que logra modificar el estado primigenio (aparece la luz), pero se asegura la conexión entre los dos elementos de la pareja por mediación de Tane.

Las batallas que se libran entre el padre y los humanos simbolizan el antagonismo de principios (la lucha entre la permanencia y la renovación). Transcurrido el violento periodo de choque entre los contrarios, el pensamiento mítico busca un nuevo punto de reposo que restituya la unidad y se plantea el apareamiento de Tane y de Hine, pero en la evolución ocurrida no puede darse marcha atrás y tiene que separarse (la distinción entre Cielo y Tierra es ya irrevocable) y surge además la muerte, que será germen de otros desarrollos míticos.

América

Alaska

Focas, morsas y ballenas

Según una leyenda esquimal. Sedna, linda joven e hija única de un padre viudo, vivía a la orilla del mar. Cuando tuvo edad casadera, varios pretendientes de su propia tribu y algunos extranjeros trataron de enamorarla pero a ninguno le correspondió.

Un día llegó un apuesto cazador que portaba hermosas pieles y empuñaba una lanza de marfil y, sin bajar de su kayac, empezó a llamar a Sedna con palabras dulces; le habló también de la belleza de su país, ofreció adquirir para ella valiosos collares y le prometió una vida feliz si lo aceptaba por marido. La doncella dudó en un principio, pero al fin aceptó y, a instancias del desconocido, subió a la embarcación y huyó con él.

Cuando arribaron a su destino, Sedna encontró en la tienda del cazador suaves pieles de oso para descansar, una lámpara de aceite y un puchero lleno de comida exquisita; pero su alegría se esfumó al descubrir que su amante no era un hombre, sino el fantasma de un pájaro-espíritu (petrel), que tenía el don de transformarse en humano.

Entretanto, Angusta, el padre de la muchacha, no podía resignarse a perder a su hija y decidió emprender el camino hacia la costa donde ella se encontraba. La buscó afanoso, y al encontrarla, aprovechando que el ave marina estaba ausente, huyeron a toda prisa con dirección a su lugar de origen.

Cuando regresó el petrel, las voces del viento le informaron lo ocurrido. Entonces adoptó la figura del cazador, subió a su kayac y alcanzó a los fugitivos. Sin embargo, el padre se negó a devolver a Sedna, y el fantasma, recuperando su aspecto, desplegó las alas, planeó por encima de la canoa y desapareció entre las sombras. De repente, se desató la negra tormenta ártica y el aterrado Angusta, al comprender que había ofendido a los dioses, hubo de arrojar a su hija al mar.

Sedna trató de asirse al borde del kayac; mas su padre, enloquecido de miedo, cogió un hacha de marfil y le cercenó los dedos y parte de las manos en cada uno de los intentos, formándose de los restos las focas, las morsas y las ballenas.

El mar volvió a la calma cuando la joven se hundió, y Angusta regresó a su iglú, apesadumbrado. Debido al esfuerzo realizado, se durmió en compañía de su perro, y durante la noche una marea insólita se tragó la casa con sus moradores para llevarlos hasta Sedna, quien reinaba en las profundidades oceánicas.

Estados Unidos de América

Regreso a las estrellas

Águila Blanca era un indio joven y valiente que iba de cacería muy a menudo. Cierto atardecer, mientras seguía la pista de un gamo, descubrió que en la pradera estaba trazado un enorme círculo, en cuyo interior la yerba había sido quemada completamente. Águila Blanca decidió averiguar a qué obedecía tal fenómeno, pero el tiempo se le fue en cavilaciones hasta que se puso el Sol y aparecieron varios luceros de la noche.

Cuando el cazador dirigió su mirada hacia el oscuro firmamento, advirtió que una estrella muy brillante aumentaba de tamaño, parecía desprenderse de los cielos y se dirigía hacia la extraña huella circular.

El indígena se ocultó tras unos matorrales y al poco rato pudo ver que, precedida de una luz intensa y de una dulce música, aterrizaba una cesta enorme sobre el enigmático sitio. En ella venían doce jóvenes rubias de extraordinaria belleza, que portaban túnicas resplandecientes.

Las hermosas doncellas bajaron del raro artefacto y, tomadas de la mano, danzaron alegremente. A Águila Blanca le agradó la más pequeña de las visitantes y decidió salir de su escondite para acercarse a ella. Sin embargo, todas las beldades regresaron apresuradamente a la cesta al verlo y huyeron.

El cazador le contó lo ocurrido al viejo y sabio jefe de la tribu y éste le advirtió que si se casaba con una chica de las estrellas nunca alcanzaría la felicidad completa, pero el terco doncel no le hizo caso e ideó un plan para atrapar a su amada.

Semanas después, la cesta prodigiosa bajó nuevamente en el lugar acostumbrado y las jóvenes cantaron y bailaron. Una de ellas observó que un tronco lleno de agujeros permanecía erguido a corta distancia e invitó a sus hermanas a inspeccionarle.

Cautelosas, se acercaron y, cuando iban a mirar el interior, Águila Blanca, que estaba oculto en aquel viejo tronco, las persiguió y atrapó a la menor, mientras el resto escapaba.

La hermosa raptada le rogó al cazador que le permitiera regresar con los suyos, mas éste se negó y al poco tiempo la joven, ya enamorada, acepto unirse a su captor.

A la primavera siguiente tuvieron un hijo. Águila Blanca le negaba a su mujer que visitara el lugar de su origen, así que ella, a escondidas, construyó una cesta mágica donde ambos, madre e hijo, cupieran, y retornó con su padre, el rey de las estrellas.

Años más tarde, ambos echaron de menos al cazador y decidieron bajar a la Tierra para convencerlo de que vivieran juntos en el reino celestial.

Águila Blanca aceptó y pasó una larga temporada junto a los suyos, hasta que le fue imposible permanecer en aquellas regiones, dada la nostalgia por los bosques y la caza.

Como su nieto, ya adolescente y ansioso de aventuras, deseaba también volver a las praderas, el rey de las estrellas hubo de acceder a que los tres se marcharan en definitiva, pero los convirtió en águilas blancas para que no pudieran revelar los secretos de sus dominios.

México

El maguey

Una vez que los dioses del Anáhuac dieron a los hombres toda clase de frutos y les enseñaron las técnicas para la siembra y cosecha de los mismos, advirtieron que aquello no bastaría a los moradores de la Tierra para ser felices y cavilaron sobre la necesidad de crear algo que les provocara regocijo, los incitara al canto y al baile y despertara sus pasiones.

Ehécalt, el "Señor de los vientos", recordó que en un lugar muy lejano había conocido a Meyáhuel, diosa agrícola de belleza exquisita e inteligencia notable, y fue en su busca para solicitar su apoyo y consejo.

La doncella, que era parte de un grupo de vírgenes al cuidado de su abuela Tzitzimitl, conocedora experta de las artes mágicas, tenía prohibido, al igual que sus hermanas, ausentarse sin permiso, bajo la amenaza de perder la vida en caso de hacerlo.

Ehécatl llegó cuando todas dormían y sabedor de la férrea disciplina a que estaban sujetas las jóvenes, despertó de manera prudente a Meyáhuel, la condujo a un sitio seguro y le explicó los motivos de su visita.

La deidad aceptó unir sus poderes mágicos a los de su amigo para dar alegría a los hombres y juntos se dirigieron al mundo.

En el momento en que sus pies se posaron en la tierra, se transformaron al punto en un hermoso y corpulento árbol que se abría en dos grandes ramas: la correspondiente a Ehécatl era Quetzalhuéxotl, cuyo significado es "sauce precioso" y la relativa a la doncella era Xochicuáhuitl, o "árbol florecido".

Mientras tanto, la vieja guardiana despertó, buscó a Meyáhuel y al descubrir su partida estalló en cólera. Entonces decidió convocar a todas las diablesas (Tzitzime) para que la ayudaran a localizar a su nieta y cuando por azar pisaron la tierra próxima al árbol majestuoso, éste se desgajó y las dos ramas quedaron separadas.

La magia de Tzitzimitl le permitió reconocer a Meyáhuel y devolverle su aspecto original. Después, llena de furor, la destrozó y repartió sus miembros entre sus acompañantes para que los devoraran.

Cuando las diosas malévolas se marcharon, Ehécatl recobró también su antigua forma y, apesadumbrado, recogió los huesos de la doncella que habían quedado esparcidos por el suelo y los enterró uno a uno en los campos. De ellos brotó al poco tiempo una hermosa planta de grandes hojas ahusadas, la cual, practicándole incisiones en el tronco, producía un líquido dulce que fermentado dio origen a la bebida espiritosa denominada pulque, quedando satisfecha la divina intención original de brindar un medio a los humanos para alegrar sus corazones.

La nueva humanidad

Una vez que la tierra se extendió sobre el agua y aparecieron los valles y las montañas, los espíritus divinos recogieron luz para formar el Sol.

Cuando su obra estuvo terminada, Tezcatlipoca lo hurtó y atándolo a su cintura se elevó al cielo, pero la escasa intensidad del astro rey provocó que únicamente durara la mitad del día.

En aquella época, los moradores del mundo eran demasiado grandes y el Sol muy pequeño y después de trece veces 52 años, Quetzalcóatl arrojó a Tezcatlipoca de la bóveda celeste, haciéndolo caer al océano.

Al salir de las aguas el depuesto dios, adoptó la forma de un jaguar y devoró a toda la gente.

Mientras tanto, Quetzalcóatl tomó su lugar y se convirtió en el segundo Sol (el "Sol de Viento").

Los nuevos hombres tenían grandes dificultades para subsistir porque sólo disponían de piñones, y tal situación prevaleció hasta que Tezcatlipoca, aún metamorfoseado en jaguar, corrió por el cielo y golpeó con las patas, por la espalda, al Sol de Viento. Éste, al caer fue ganando aceleración y se transformó en un vendaval que barrió con la mayoría de las personas, salvo unas cuantas que permanecieron colgadas en el aire y que se transformaron en monos.

Posteriormente, el espíritu de la lluvia se convirtió en el tercer Sol y, durante su estancia, los habitantes de la Tierra no pudieron encontrar otra cosa para comer que maíz de río.

Un día infausto, Quetzalcóatl envío una lluvia de fuego y piedras calientes que abrasaron al mundo y consumieron también al "Sol de Lluvia"; los pocos sobrevivientes se transformaron en pavos.

Entonces la esposa del espíritu de la lluvia ocupó su lugar, y mientras brilló tenuemente, las personas aparte de subsistir gracias al maíz de hierba, se dedicaban a observar la lluvia que caía a raudales.

A causa del diluvio, los hombres se convirtieron en peces y el firmamento cayó sobre la Tierra.

Al cesar la lluvia, Quetzalcóatl y Tezcatlipoca se colocaron en los extremos de la bóveda celeste, transformándose en árboles y conforme crecieron el cielo volvió a su lugar original. Después, ambos dioses se proclamaron gobernantes.

Para crear a la nueva humanidad, Quetzalcóatl viajó hasta los dominios del "Señor de la Tierra Muerta", donde estaban los huesos de quienes habían perecido y le solicitó que fueran devueltos.

El monarca de aquellos antros puso como condición que tocara una trompeta y diera cuatro vueltas a la región.

Quetzalcóatl aceptó y al descubrir que el instrumento musical no estaba hueco, hizo que los gusanos le practicaran una horadación. Paso seguido, ordenó a unas abejas y avispones que volaran por el interior del conducto y empezaran a zumbar, con el propósito de hacer sonar la trompeta, y después cubrió el requisito faltante.

Obtuvo finalmente los huesos en calidad de préstamo, pero al advertir que pretendía quedarse con ellos, el "Señor de la Tierra Muerta" mandó que le cavaran una tumba y cuando trataba de escapar, una bandada de codornices lo hirió y provocó que cayera en la fosa.

Al recobrar el sentido, Quetzalcóatl vio que los huesos habían sido mordisqueados por las aves y comprendió que debido a ello se pudrirían. Entonces se le ocurrió al dios llevárselos a la mujer serpiente, quien vivía en un lugar por encima de los cielos, para que ésta los pulverizara, y realizado esto, los guardó en un cuenco de jade. Más tarde derramó su sangre en el fino polvo óseo e invitó al resto de divinidades a seguir su ejemplo, creando la nueva humanidad, la cual, de conformidad con la leyenda, sobrevive todavía bajo el calor de Nanahuatl, el Sol del Terremoto, y permanecerá hasta que los temblores agiten la Tierra y haya hambre.

El maíz

En el periodo neolítico, además de que el hombre pudo crear instrumentos de piedra pulida, perfeccionó el uso del arco y la flecha e inventó la alfarería, descubrió una actividad que en lo sucesivo transformaría su vida: la agricultura (cultivo de la tierra).

Dicha técnica se debe seguramente a las mujeres, porque eran las principales recolectoras y es fácil intuir que la experiencia les enseñó el método de arrojar algunos granos al suelo, para lograr la reproducción de los mismos.

La agricultura nació tal vez en las orillas de los desiertos, en regiones donde escaseaban los alimentos y sus moradores se veían obligados a encontrar nuevas formas para proveer su manutención.

Sin embargo, iniciado el cultivo de los granos se desarrolló sobre todo en los valles cercanos a los ríos, por las facilidades de irrigación y de transporte que ofrecían.

Las tareas de labranza propiciaron que el hombre se hiciera sedentario; asimismo, la posibilidad de almacenar los granos y tener un excedente de satisfactores le permitió disponer del tiempo necesario para la reflexión e intentar explicarse algunos fenómenos naturales, como la lluvia, los truenos y la sequía, llegando a la rudimentaria conclusión de que ciertos espíritus se encargaban de ejecutarlos.

Existen razones para creer que el primero de los cereales descubiertos por la humanidad fue el trigo, mas un hecho completamente cierto es que en la etapa neolítica se cultivaron además el resto de ellos: el centeno, la cebada, el alforfón, la avena, el arroz y el maíz.

Este último, cuyo nombre es haitiano, se originó en América (quizá en nuestro país) y el instrumento principal que se utilizó para su cultivo fue la coa, consistente en una estaca por medio de la cual se hacía un agujero en la tierra y luego se depositaba en él la semilla.

Una célebre leyenda mexica aborda el tema relativo al origen del maíz del modo siguiente: en la era del quinto sol, cuando los dioses crearon a la humanidad actual, discutieron sobre la necesidad de brindarle un alimento adecuado y comenzaron a buscarlo afanosamente.

Quetzalcóatl observó en silencio cómo las demás divinidades iban y venían por todos los caminos sin obtener nada y pensó que sería más conveniente retirarse a meditar para dar con la solución.

Llegó al cerro en que acostumbraba rezar, se sentó sobre un rosal espinoso que crecía junto a la fuente de las abluciones y, luego de elevar varias oraciones, se quedó plácidamente dormido. En sus sueños vio un hermoso lugar cubierto de rosales floridos, un alegre arroyuelo y un hormiguero, cuyas laboriosas habitantes estaban en plena actividad y se trasmitían en su lenguaje peculiar órdenes misteriosas.

Al fondo de la vereda descubrió a un grupo de incansables obreras que llevaban cargando un tesoro y cuando llegaron a la entrada del refugio subterráneo, Quetzalcóatl alcanzó a distinguir su preciada carga, que consistía en unos granitos de color marfil. El dios supuso que se trataba del alimento deseado, fue al encuentro de la hormiga que iba a la retaguardia del pelotón y le preguntó dónde lo había conseguido. En un principio, el insecto se negó a revelarle el secreto, pero ante los ruegos insistentes accedió.

Quetzalcóatl se metamorfoseó entonces en hormiga negra y ayudado de su guía prendió a la hormiga roja, guardiana del maíz, que se vio obligada a conducirlos hasta el "Monte de Nuestro Sustento", en el cual se encontraban el preciado cereal. Una vez que el dios se apoderó de algunos granos (mazorcas), los llevó a Tamoanchan (paraíso terrenal) y los compartió con las demás divinidades. Dichos espíritus estuvieron de acuerdo en dar a los hombres el valioso cereal y abrieron una grieta en la montaña secreta para que pudiera ser obtenido, mas la lluvia sintió envidia, se precipitó en el interior y robó los granos.

Un cortejo divino hizo gestiones para que se devolviera el maíz, pero únicamente consiguió que la lluvia y sus hijos entregaran sólo una parte cada año, a cambio de sangre humana.

El amor de la estrella

En el territorio que ocupa hoy en día el estado de Oaxaca, se establecieron durante la época prehispánica los zapotecas. Dicho pueblo consideraba que descendía de los animales salvajes y de las rocas, y según las tradiciones se creía autóctono de la región. Sin embargo, merced a las investigaciones arqueológicas realizadas en Monte Albán, ha sido posible establecer que provenían de la cultura olmeca o tal vez de la maya.

En el ámbito religioso los zapotecas tenían un gran número de dioses relacionados con las fuerzas de la naturaleza y su vida entera, sometida al fatalismo, estaba presidida por ellos.

Su dios supremo (creador) era Pije-Tao, al cual adoraban bajo manifestaciones diversas, como el maíz (Cozobi), la lluvia (Cozoana), el Sol (Copijza) y la fertilidad (Bezelao). Rendían culto también a Quetzalcóatl, a Xipe-Tótec, el dios de los joyeros, al dios Murciélago, relacionado con la agricultura, y al dios Mariposa.

Los guerreros zapotecas, belicosos y disciplinados, obtuvieron numerosas e importantes victorias sobre los reinos vecinos, llegando a extender sus dominios hasta el istmo de Tehuantepec. A esa época de auge en la cual habían fortalecido su poder, pertenece la leyenda amorosa que presento a continuación.

Se narra que el soberano de aquel reino poderoso tenía un hijo apuesto, fuerte y diestro en el manejo de todas las armas.

Cierto día, un grupo de nobles intentó derrocar al monarca, pero gracias a la astucia y valentía del príncipe dicha intención se vio frustrada y desde entonces el gallardo joven fue considerado el caudillo principal.

Al paso del tiempo, cuando el rey era ya un anciano, designó al célebre mancebo como heredero al trono y los sabios del palacio recomendaron que contrajera matrimonio.

Varias jóvenes que pertenecían a los diferentes estratos sociales del país trataron de conquistar el corazón del príncipe, mas a éste no le satisfizo ninguna.

La noticia llegó hasta los cielos y una brillante estrella se enamoró a tal punto del gallardo zapoteca que adoptó la forma de una hermosa doncella y bajó a la Tierra para probar suerte.

El príncipe regresaba de una cacería cuando se encontró en el camino con la deidad y, admirado por su belleza, le preguntó su nombre. La muchacha, que vestía a la usanza campesina, dijo llamarse Oyomal y luego de una breve plática se despidió. La estrella propició un mayor número de encuentros y finalmente el heredero al trono la cortejó y le pidió que se casaran.

El anciano monarca no opuso ningún reparo a los deseos de su hijo al contemplar a la beldad y se determinó una fecha cercana para el enlace matrimonial.

Mientras tanto, en el reino de los cielos causó alarma la determinación de la estrella y el dios Sol envió a un mensajero para advertirle a Oyomal que si se unía al príncipe quedaría convertida en una flor para el resto de sus días. La tarde anterior a la boda, la novia supo que de consumarse el matrimonio sólo sería esposa de su amado durante un día y una noche, pero creyendo que el padre Sol sólo había pretendido amedrentarla, se casó con el príncipe.

Transcurrida la feliz noche de bodas, el esposo de Oyomal despertó y al darse cuenta de que su mujer había desaparecido, la buscó inútilmente en las habitaciones del palacio. El príncipe ignoraba los motivos de la ausencia de su amada, hasta que un espíritu celeste le reveló el verdadero origen de su esposa y cómo había sido transformada en una hermosa flor rosada, de tallo delicado, que reposaba en las aguas cristalinas de un lago.

Al saber la mala nueva, el heredero real le pidió al enviado divino que lo condujera al lugar donde estaba Oyomal y hecho esto le suplicó al fantasma que lo transformase también en flor para permanecer junto a ella. Conmovido, el mensajero llevó la petición al dios Sol y éste se fue a meditar entre las nubes si debía acceder. Finalmente lo hizo y los criados de palacio se cansaron de buscar al príncipe, pues no acertaron a descubrir que en un tranquilo lago había aparecido una flor rojiza de tallo resistente que nadaba junto a otra, cuyos sedosos pétalos se abrían llenos de gozo.

El sol de reflejos verdes

La cultura maya se desarrolló durante un largo periodo, desde el año 1500 a.C. al 900 d.C., en tres zonas geográficas principales, a saber: la sur, ubicada en los altos de Guatemala, de tipo formativo; la centro, que comprendió el Petén guatemalteco y parte de los estados de Chiapas y Tabasco, donde se realizó la etapa de mayor florecimiento; y la región norte, que fue escenario del Nuevo Imperio.

Los principales cultivos de los mayas eran el maíz, el frijol, la yuca, el camote, el algodón, la calabaza y tenían además importantes plantaciones de cacao, cuyas semillas les servían de alimento y de moneda.

Practicaban asimismo la apicultura y con la miel de las abejas preparaban la bebida llamada *balché,* que era embriagante.

Acostumbraban efectuar grandes cacerías colectivas, al final de las cuales se repartían la carne de los venados, conejos o faisanes obtenidos, y llevaron a cabo intercambios comerciales con los indígenas de Colombia, Panamá, Oaxaca, el centro de México y la costa del Golfo.

En lo relativo a su religión, ésta reflejó la eterna lucha que las influencias del "bien y del mal" ejercían en la vida del hombre, como se podrá advertir luego de dar lectura a la leyenda en turno.

Hace muchos años, un joven maya de gran corazón llamado H'Zac Ceeh (venado blanco) soñó que recorría parajes ignotos cruzados por alegres arroyos, donde se enseñoreaban montañas muy elevadas.

De repente, el viento fresco adquiría mayor intensidad y lo conducía hasta la cima más alta, donde había un jardín cubierto de flores y un palacio de cristal.

Un sol que emitía destellos verdes iluminaba la inmensidad del horizonte, H'Zac Ceeh vio en el pórtico abierto de la residencia suntuosa a un grupo de doncellas, entre las que destacaba una joven de extraordinaria hermosura, vestida con blanca túnica y adornada con chispas de jade, turquesa y cristal, quien cuando descubrió al muchacho le sonrió y tendió las manos para recibirlo.

Entonces el nativo trató de avanzar hacia ella, pero una fuerza sobrenatural lo impidió y mientras pretendía vencer aquel influjo, retornó abruptamente a la vigilia.

H'Zac Ceeh tuvo el mismo sueño durante varias noches. Cierta ocasión en que su madre le preguntó si no deseaba casarse, el mancebo le reveló que únicamente lo haría con la joven de los sueños.

La mujer se preocupó al escuchar aquella respuesta, imaginó que espíritus diabólicos jugaban con los sentimientos de su hijo y decidió pedirle opinión a Ah Kin, el sacerdote del culto solar. Éste la tranquilizó y le sugirió además que permitiera marchar a H'Zac Ceeh en busca de su amada, no sin antes dedicar una serie de ofrendas a las deidades benéficas para que protegieran al doncel y lo ayudaran a realizar su empresa.

Así, el joven marchó, esperanzado, con un bulto de provisiones y a cuanta aldea llegó trató de averiguar dónde se hallaba el país maravilloso en el que había sido erigido el palacio de cristal.

Caminó por espacio de meses y años, basándose en las referencias que le daban los animales, pues los hombres únicamente hacían mofa de él y un atardecer cuando miraba al Sol hundirse en el horizonte ácueo, distinguió un súbito destello verde.

H'Zac Ceeh interpretó aquello como una señal y reanudó su andar, dirigiéndose al oeste. Llegó así hasta una ciudad muy populosa habitada por mancebos y, luego de platicar con uno de ellos, se enteró de que la mayoría había tenido sueños parecidos a los suyos y acuciados por el deseo de encontrar a la beldad habían escalado la montaña, pero a nadie hallaron en la cumbre.

A pesar de conocer tales noticias, el decidido joven alcanzó la cima indicada y, aunque sus pies sangraban, buscó, afanoso, hasta localizar el palacio cristalino.

Durante varias horas esperó que saliera la doncella incomparable, pero el edificio parecía desierto.

Por un momento pensó que había sido víctima de los malos espíritus y deseó morir, mas al darse cuenta de que anochecía ya, decidió hacer un último esfuerzo y arrastrándose llegó al pie de la escalinata. Después subió los peldaños con gran dificultad y al mirar hacia el interior apareció la bella princesa de blanca túnica y le tendió las manos.

H'Zac Ceeh, incrédulo, le preguntó si no se trataba de un espectro y la candorosa joven le aseguró que existía por virtud de su hazaña y de su fe, porque sólo el que cree, hace, y el que hace, crea.

La vainilla

Los antiguos totonacas se establecieron en las tierras costeras de Veracruz, entre los ríos Tuxpan al norte y Atoyac al sur, y en algunos lugares de la sierra poblana, como Tulancingo, Huachinango y Zacatlán. La arqueología nos ha revelado que fundaron importantes centros en Cempoala, Quiahuiztla, Monte Real, Rancho de las Ánimas, Cotaxtla, Yohualichán y Teayo, pero entre todos sobresalió El Tajín, en Papantla, que inclusive le dio su nombre a esta cultura, la cual tuvo su origen en la zona olmeca y recibió influencias de los pueblos tolteca y mexica.

En lo que alude al ámbito religioso, Quetzalcóatl parece haber sido uno de sus principales dioses, aunque adoraron también a Chicomecoatl, deidad de la fertilidad, a Centeotl, señor del maíz, a Xochipilli, dios de las flores, y destacaron como divinidades realmente autóctonas: Tajín, equivalente al Tláloc teotihuacano, y el llamado "dios gordo", quien velaba por la felicidad. Este último tomó parte en una leyenda, muy difundida en tierras veracruzanas, según la cual Xanath, hija de nobles totonacas, célebre por su belleza, vivía en un palacio cercano al centro ceremonial de Tajín, sede de su pueblo.

Cierto día en que la joven acudió a depositar una ofrenda sobre el plato colocado en el abdomen de Chac-Mool ("Mensajero Divino"), encontró casualmente a Tzarahuín (jilguero), un alegre doncel al que le agradaba silbar, y surgió entre ambos amor a primera vista. Sin embargo, el romance mostró dificultades para prosperar porque Tzarahuín era pobre y vivía en una choza humilde rodeada de tierra fértil en la que abundaban las anonas, las piñas y las calabazas. A pesar de la diferencia de clases, los enamorados se reunían casi a diario de manera fugaz, cuando el mancebo llevaba al mercado la cosecha de sus siembras, y en poco tiempo una sincera pasión se apoderó de sus corazones.

Una tarde en que Xanath pasó junto al templo sagrado de los nichos, le sorprendió la mirada penetrante del dios gordo, que se caracterizaba por su vientre abultado, la frente rapada y su triple penacho, y desde entonces el señor de la felicidad se dedicó a cortejarla. La doncella logró esquivarlo en un principio, pero el astuto dios encontró la forma de revelarle sus sentimientos y, al ser rechazado, su alegría habitual se tornó en cólera y amenazó a la joven con desatar la furia de Tajín si no accedía a sus reclamos amorosos.

La advertencia hizo temblar de miedo a Xanath, pero no traicionó a Tzarahuín.

El astuto dios gordo resolvió entonces ganarse la confianza del padre de la joven para que influyera en el ánimo de Xanath. Lo invitó a su palacio, le reveló secretos divinos y cuando manifestó interés por la linda muchacha, recibió completo apoyo para casarse con ella.

Xanath hubo de soportar un mayor acoso del testarudo dios y su padre la obligó a aceptar una nueva cita, que resultaría fatal, pues luego de haber dado otra negativa al señor de la felicidad, éste, irritado, lanzó un conjuro sobre la doncella y la transformó en una planta débil de flores blancas y exquisito aroma: la vainilla.

Y si bien el dios creyó vengarse, lo cierto es que mientras de él existen sólo vagos recuerdos, en cambio, tenemos muy presente en nuestros días a la planta orquidácea cuya esencia es muy apreciada en la cocina y la pastelería de muchas partes del mundo.

El recuerdo de un amor

En la relación de los indios de Michoacán se narra que hace varios siglos (quizá después del X), un grupo de chichimecas cazadores, que más tarde fueron denominados tarascos, guiados por su jefe Ireticáme, llegaron al señorío agrícola de Naranján (en el actual estado de Michoacán) y se establecieron allí, provocando molestias e irritación a sus pobladores, hasta que el caudillo forastero se casó con la hermana del rey de dicho lugar.

Posteriormente, Tariácuri, sabio gobernante, fundó el imperio tarasco y estableció su capital en Pátzcuaro. Cuando murió el célebre monarca, dividió el reino en tres señoríos que repartió entre Higuangaje (su hijo), a quien correspondió Pátzcuaro, y Tangaxoan e Hirepan (sobrinos suyos), que recibieron el gobierno de Tzintzuntzan e Ihuatzio, respectivamente.

El poderío del imperio tarasco alcanzó tales magnitudes que ni los propios mexicas lograron doblegarlo y a la llegada de los españoles negó su ayuda a la Triple Alianza. Los conquistadores ibéricos requirieron de varias expediciones para someterlo, a medias.

La religión tarasca era politeísta y tenía entre sus ritos el de los sacrificios humanos. Su dios principal era Curicaveri, señor del fuego y del sol, casado con Xaratanga (la Luna), deidad del sustento, que hacía crecer y reproducirse a los seres vivos, además de recibir a los muertos.

Cuerivaperi, diosa de la lluvia y madre de los dioses y todo lo existente, tenía un lugar especial en el panteón tarasco y recibía frecuentes invocaciones.

Durante los siglos que duró el imperio se formó una serie de leyendas gracias a las cuales hemos podido conocer importantes hechos históricos y costumbres de sus moradores. Muestra de ello es el relato que a continuación narraré.

Cundá ("flor de olores"), hija de Zintzími, rey de Itzá-paramucu, se enamoró a primera vista de Tamap-achá ("señor anciano"), quien era descendiente de Tariácuri ("el decorador"), y no perdía oportunidad de contemplar a discreción al apuesto príncipe.

Una mañana, mientras la joven adquiría algunas cosas en el mercado, se enteró de que su amado había organizado una cacería de ánades en el lago, y apenas regresó a su casa solicitó permiso para mirar la partida desde lo alto del templo cercano. El padre de la doncella accedió fácilmente a satisfacer el deseo de ésta, pero al saber el motivo que la impulsaba a presenciar la cacería, incapaz de comprender que su hija había dejado de ser una niña, le cobró gran odio a Tamap-achá y planeó hacerlo caer en una celada.

Así, llegado el día en que los cazadores dieron cuenta de un buen número de aves acuáticas, fueron emboscados súbitamente por un escuadrón de guerreros de Zintzími y el altivo príncipe fue capturado luego de oponer resistencia. Horas más tarde, el soberano captor ordenó que se inmolara al joven a los dioses y de inmediato comenzaron a hacerse los preparativos necesarios; sin embargo, la afligida Cundá intervino y cubriéndose el rostro para no ser descubierta, logró sobornar a los guardias y conseguir que al prisionero, sumido en un profundo sueño debido a la acción del licor de maíz que había tomado para soportar el sacrificio proyectado, lo transportaran hasta Pátzcuaro y lo depositaran en Cutzio (templo de la luna).

De tal suerte, cuando Tamap-achá despertó, creyó que se encontraba ya en el mundo de los muertos, pero al enterarse de lo ocurrido, sintiendo su dignidad herida, pidió a su padre que lo sacrificaran. Tariácuri se estremeció al recibir tan macabra solicitud y, aunque triste, ordenó que extrajeran el corazón del príncipe.

Los sacerdotes cumplieron la indicación y mientras llevaban el órgano, aún palpitante, para ofrecérselo a Xaratanga, la deidad lunar, Cundá apareció de pronto, se lo arrebató y con gran astucia logró regresar a su hogar. Posteriormente, decidió guardar el corazón de Tamap-achá en una hermosa caja de oro y pedrería, para mantener siempre vivo el recuerdo de su amor.

Carrera hacia el poder

Según una divertida fábula maya, el Consejo de animales sesionó para resolver la forma en que nombrarían al rey de la selva. La asamblea, que presidía el mono, estaba compuesta además por el puma, que hacía el papel de secretario, el venado, el ocelote, el puerco de monte y el lagarto.

El honorable simio, quien era célebre por su sabiduría, propuso que seis de los animales más inteligentes sometieran a consideración del Consejo un proyecto de gobierno, a fin de elegir al más inteligente, pero su idea no tuvo apoyo, pues los demás miembros advirtieron que el presidente tendría un peso específico en la determinación del más apto. Entonces el venado intervino para sugerir, en tono triunfal, la celebración de una carrera, con la ventaja de que podrían participar casi todos los moradores del lugar.

El argumento satisfizo a los demás representantes del cuerpo consultivo, por estimarlo más democrático que el del mico, y hechas las votaciones respectivas, prevaleció.

Al día siguiente, el pueblo fue reunido y se dio lectura al bando mediante el cual eran establecidas las reglas y el objetivo de la competencia, y un buen número de participantes hubo de inscribirse para probar fortuna.

Además de someterse a un entrenamiento especial, varios de los corredores buscaron apoyo entre sus amigos del Consejo de Estado para obtener un mejor lugar en la salida, o por lo menos evitar una descalificación injusta durante la carrera.

Los iguánidos, además de tomar las providencias anteriores, decidieron trazar un plan para obtener la victoria y, aconsejados por el lagarto, alto dignatario gubernamental, definieron la estrategia.

Llegado el día previsto, los animales se colocaron en el punto de salida y el basilisco ocupó el sitio que le había designado su pariente junto al apuesto ciervo, ex gobernador de una provincia importante e hijo de un afamado político, quien por su gran velocidad y atributos físicos era favorito para coronarse. Del zorro, que no obstante su astucia carecía de popularidad entre la fauna, se esperaba algún secreto para salir airoso, y el fiero gato montés, que según algunos enterados mantendría una línea dura de gobierno en caso de ganar, lanzó un rugido para imponer respeto a sus oponentes.

De acuerdo con las reglas, sería declarado vencedor quien además de cruzar la meta pudiera sentarse primero en el trono, y a una señal del aguililla, todos los participantes salieron despedidos como saetas. Un rato más tarde, algunos animales se retiraron, exhaustos, quedando al final únicamente el ciervo, el zorro y el gato montés, quienes disputaban el terreno palmo a palmo.

Faltando sólo unos metros, el ciervo hizo un esfuerzo mayor, traspuso la línea final y al ocupar la silla real hubo de levantarse como impulsado por un resorte, al sentir algo pegado en su cola.

Se trataba nada menos que del basilisco, quien poco antes de la carrera se aplicó en la barriga una sustancia pegajosa compuesta de resina de chicozapote, hule y nogal, al iniciarse la justa saltó hacia la cola del ciervo y se abrazó a ella, quedando adherido.

Luego de una larga y acalorada deliberación, los miembros del Consejo declaraban rey al basilisco, por haber sido el primero en posarse sobre el trono y, a pesar de las protestas airadas de los partidarios del ciervo, le colocaron al reptil, en su verdosa cabeza, el magnífico penacho amarillo que lo acreditaba como Gran Hau K'in ("Gran Señor"), mismo que luce aún en nuestros días.

Colombia

Cruenta leyenda chibcha

El territorio que pertenece a la República de Colombia estuvo habitado por varias tribus indígenas, entre las cuales se distinguieron por su espíritu belicoso las de los caribes, los panches y los pijaos. Además, se establecieron en las altiplanicies de la Cordillera Oriental, los muiscas o chibchas que formaban la nación más ordenada y progresista.

Dichos aborígenes cultivaban maíz, papa, yuca, batata, algodón y tabaco, explotaban plantas medicinales y maderas. Asimismo, se dedicaron a la minería de sal gema, oro, cobre, plata y cal.

Cabe destacar que los chibchas conservaron su historia por tradición oral, pues no tenían jeroglíficos ni equipos como los indígenas de México y de Perú, y cuando los españoles llegaron hasta esas tierras advirtieron que dos caciques se disputaban la hegemonia de ese pueblo: el Zipa de Bacatá (Bogotá) y el Zaque de Hunsa (Tunja).

En lo que alude al aspecto religioso, dichos indígenas americanos tenían por dios supremo a Bochica, el "Creador", quien había civilizado a los hombres y era identificado con el Sol, además de considerar como personajes divinos a sus propios jefes y, a veces, también a las esposas de éstos, según se confirmará luego de dar lectura a la presente narración.

Según una leyenda, en Guatavista, una de las ciudades más populosas y mejor fortificadas del reino chibcha, hubo un gobernante que tenía una esposa que destacaba entre sus demás mujeres por su belleza y a la que amaba de manera intensa.

Uno de los guerreros más importantes de la corte se enamoró también de la hermosa joven y a base de discretas actitudes le reveló sus sentimientos. La beldad rechazó en un principio al audaz pretendiente, pero cedió poco a poco y una noche de fiesta en palacio, decidió embriagar a su marido para tener oportunidad de compartir su pasión con el gallardo mancebo. El plan resultó y cuando el soberano quedó sumido en un profundo sopor, el ansioso guerrero tomó en sus brazos a la trémula joven, la llevó a su bohío (cabaña de ramas) y disfrutó con ardor de los encantos de su amada.

Los encuentros de la pareja se repitieron en varias ocasiones y a pesar de las precauciones adoptadas para no despertar sospechas, la más antigua de las mujeres del monarca descubrió el romance, enteró a su esposo y le propuso que se fingiera ebrio durante la celebración en turno para sorprender a los adúlteros. El cacique de Guatavista tenía esperanza de que hubiera falsedad en esas afirmaciones pero, luego de seguir el consejo, se trasladó a la choza del guerrero y al encontrarlo en dulce unión con su esposa favorita montó en cólera y dispuso un castigo terrible para los amantes.

Al día siguiente, de acuerdo con las instrucciones del soberano, el vasallo fue atado a un poste y, a un par de pasos de él, dos esclavos sujetaron a la mujer adúltera, misma que presenció, aterrorizada, cómo le cortaban al mancebo las orejas, la nariz, los labios, le sacaban los ojos, le rompían los miembros y le vaciaban las entrañas. No conforme con eso, el sádico gobernante ordenó que obligaran a su esposa a comerse el corazón del guerrero y, además, que los trovadores relataran en las fiestas públicas aquellos sucesos para mayor castigo de la culpable y como advertencia para las demás mujeres del pueblo.

Así, como la desventurada joven padecía un suplicio terrible al escuchar las canciones alusivas, cierta noche, mientras su marido dormía, se deslizó hasta la cuna en que dormía su hijita, la tomó en sus brazos y huyó con rumbo a las montañas. Chía (la Luna) iluminó su camino y cuando llegó por fin a la cumbre de un cerro que se alzaba sobre el lago Guatavista, se encomendó a los dioses y saltó a las aguas, apretando a la pequeña contra su pecho.

A la mañana siguiente, cuando el monarca despertó y, al advertir la desaparición de ambas, dispuso que las buscaran afanosamente. Uno de sus servidores siguió el rastro de la mujer hasta el lago y por orden del cacique se zambulló en las aguas. Minutos después emergió de las ondas cristalinas e informó que la joven y la menor vivían ya en la morada del dios Guahaloque, y que no regresarían nunca más. Además dijo que la hermosa indígena, transformada en deidad, se encargaría de remediar las necesidades del pueblo.

A partir de entonces, miles de peregrinos acudieron a llevar dádivas al lago por los favores recibidos y, según algunos testimonios, en las noches luminosas había la posibilidad de ver la imagen de la bella diosa reflejada en las aguas cristalinas.

Perú

Dioses de los incas

En la época prehispánica, Perú abarcaba no sólo el país que conocemos hoy día con ese nombre, sino también territorio ecuatoriano al norte, parte de Bolivia por el sudeste y una porción de Chile al sur. Los peruanos primitivos practicaron el totemismo antes de que recibieran la influencia civilizadora de los incas, y de tal suerte adoraron a ciertos animales, plantas e inclusive piedras, denominándose a sí mismos con los nombres de éstos.

Años más tarde, un pueblo llamado Capaccuna, proveniente de los Andes, que hablaba la lengua quechua y utilizaba el nombre de inca para designar a su gobernante, conquistó los territorios ocupados por los antiguos pobladores y fue reemplazando el totemismo por el culto al Sol, cuyo nombre era Inti o Apu-Punchau ("Jefe del día"). Además, y en orden jerárquico, estableció la veneración hacia la Luna (Mama Quilla), esposa y hermana del astro rey, como divinidad protectora de las mujeres casadas, e implantó homenaje religioso por otras deidades que gravitaban en torno a la pareja anterior, destacando entre ellas: Cuycha, el arco iris; Catequil, dios del trueno, y Chasca, el planeta Venus, protector de las doncellas y dios tutelar de las flores.

Cabe señalar que impuso asimismo el culto a varias constelaciones, por ejemplo, la de las Pléyades, protectora de los cereales, y difundió la creencia de que los cometas eran signos de presagios funestos. Sin embargo, es preciso aclarar que no suprimió la totalidad de las divinidades originales e incorporó a dos grandes dioses a su panteón: Viracocha ("espuma o grasa del lago") y Pachacamac ("el que anima la tierra"). Sobre Viracocha, señor de la lluvia y en general del agua, se afirmaba que en el principio de los tiempos había surgido de las profundidades del lago Titicaca, decidió formar el Sol, la Luna y las estrellas, y estableció sus cursos regulares.

Además modeló varias figuras a las que infundió vida, las llevó a Cuzco y entronizó a Allcavica, como rey de aquel lugar.

En lo que alude a Pachacamac, su leyenda proviene del Valle de Lurín, al sur de Lima, donde tenía su santuario. De acuerdo con ella, este dios era rival de Viracocha y su misión consistía en la renovación de la humanidad, pues se había impuesto la difícil tarea de transformar a los hombres creados por el señor del agua y enseñarles las artes y la práctica de diversos oficios. Probablemente se trataba de un dios del fuego, emitía oráculos, era invisible, estaba prohibido representarlo bajo forma alguna y su culto exigía víctimas humanas.

Subsistieron también otros dioses y potencias de especie animal a las que los nativos reconocían un influjo misterioso, como Urcaguay, señor de los tesoros subterráneos, que era un reptil enorme con cabeza de ciervo y cola adornada con cadenas de oro, y el cóndor, que se trataba de un mensajero divino.

Un rasgo característico de la religión incaica era la institución de las Vírgenes del Sol, auténticas vestales encargadas de conservar el fuego sagrado bajo la vigilancia de matronas llamadas Mama-Cuna, quienes las instruían y guiaban en sus tareas. Cuando las niñas incas cumplían ocho años de edad se elegía a las que llegarían a ser Vírgenes del Sol y las enclaustraban de inmediato para no salir de su retiro hasta que transcurriesen siete años aproximadamente. Entonces contraían matrimonio con jefes de alto rango.

Por último, vale la pena mencionar que los incas adoraban a un dios de los muertos, denominado Supai, que residía en el interior de la tierra. Este dios era célebre por su avidez de acrecentar el número de sus súbditos, razón que obligaba a los indígenas a sacrificarle anualmente un centenar de infantes.

Uruguay

El paso de la cruz

El territorio que ocupa actualmente la República Oriental del Uruguay estaba poblado en un principio por varios integrantes de la cultura guaraní: los charrúas, chanás, yaros y güencas, los cuales se dedicaban a cultivar la tierra de manera incipiente, a la caza y a la pesca.

En 1515, Juan Díaz de Solís, piloto mayor de España, descubrió el río de la Plata y desembarcó a 112 km al este de Montevideo, mas pereció a manos de los bravos charrúas. Cuatro años después, la expedición de Fernando de Magallanes, que buscaba el paso a las Indias, navegó otra vez por las aguas del río de la Plata y, según se dice, cuando uno de los miembros de la tripulación alcanzó a divisar un monte a lo lejos, exclamó en su lengua natal: "¡Monte vide eu!", palabras que dieron origen al nombre de la capital uruguaya del presente.

En ese mismo siglo, durante la conquista en la que portugueses y españoles se disputaron el predominio sobre la llamada Banda Oriental, surgieron peones mestizos que colaboraron activamente al desarrollo ganadero de la región y asumieron un estilo de vida característico e inclusive una vestimenta formada entre otras cosas por chiripá, ceñidor, chaleco y poncho, a los cuales se les denominó gauchos.

Entre estos valientes moradores de las extensas pampas uruguayas y argentinas, se trasmitieron de generación en generación un conjunto de leyendas que encierran el alma gaucha. Una de ellas es la relativa al "Paso de la Cruz", ubicado a la orilla del río Yi. afluente del extenso río Negro, que atraviesa el territorio de Uruguay.

Se narra al respecto que hace muchos años había un gaucho de tal apostura y simpatía que los hombres lo estimaban y las mujeres buscaban su cariño. Adquirió gran fama y llegó a murmurarse que su buena estrella se debía a un talismán que le había obsequiado un hechicero amigo suyo.

Aquella situación envidiable persistió mientras le duró la juventud, porque apenas alcanzó la madurez, perdió su misterioso encanto y todo mundo le volvió la espalda. El gaucho sufrió entonces una serie de duros desengaños y su alegría se tornó en profunda tristeza. La soledad se convirtió en su nueva compañera, mas gracias a ella tuvo oportunidad de reflexionar acerca de la vida jocosa pero inútil que había llevado, y paulatinamente cambió su rol axiológico hasta corresponder éste no sólo al de un hombre bondadoso, sino al de un verdadero santo.

Los moradores del pueblo quedaron perplejos ante aquella transformación y la atribuyeron a una influencia divina. Sin embargo, unos bandoleros que iban de paso, al conocer la historia de ese hombre, supusieron que se había convertido en brujo y quizá guardaba algún tesoro importante. Así, se apoderaron de él una noche, lo condujeron hasta un lugar por el que pasaba el río Yi y a base de golpes trataron de hacerlo declarar dónde tenía escondido el oro, pero se excedieron en la aplicación del método brutal y acabaron con su existencia. Al advertirlo, escondieron el cadáver bajo unas piedras y huyeron bajo el amparo de la oscuridad.

A partir de ese momento, el alma en pena del gaucho deambulaba al anochecer por aquellos lares bajo el aspecto de luz azulada y perseguía a los jinetes que pasaban, haciéndolos perder la razón si lograba darles alcance. Años después, por un milagro, en el sitio del crimen nació un árbol que tomó la forma de una cruz y el alma del asesinado descansó por fin.

La gente perdió el temor al fantasma y cierto día un leñador descreído cercenó con su hacha uno de los brazos de la cruz natural y se lo llevó a su casa para echarlo al fuego, mas al hacerlo la rama no se consumió. Intrigado, examinó la brasa y al acercarla distraídamente a uno de sus hijos que se encontraba enfermo, éste recuperó la salud por el mero efecto del calor recibido. Las propiedades curativas del leño encendido fueron demostradas en varias ocasiones e inclusive llegó a ser utilizado para cicatrizar heridas muy profundas.

Ante tales portentos, el leñador se convirtió a la fe cristiana y en ese momento la rama acabó de quemarse, pero surgió al punto en el árbol milagroso el brazo faltante de la cruz, lo cual provocó el asombro general de los habitantes del pueblo.

Brasil

Origen de la luz diurna

En sentido amplio, el día ha sido definido de manera antropogocéntrica, como el tiempo que tarda la Tierra en dar una vuelta sobre sí misma, sin considerar que los ocho integrantes más del sistema solar presentan igualmente periodos de rotación.

En sentido estricto, entendemos por día el lapso que dura la claridad proveniente del astro rey, para distinguirlo del espacio temporal en que el Sol está debajo del horizonte.

Los diversos pueblos de la antigüedad intentaron explicarse cómo ocurrió el amanecer primigenio y fueron creándose así algunos mitos al respecto. A guisa de ejemplo, entre los carayas de Brasil se difundió la leyenda siguiente: Kanachyuvé, gran héroe de características parecidas al Heracles griego, ilusionado, contrajo matrimonio; mas su alegría vino a menos cuando fue enterado de que, además de él y su esposa, los padres de ésta habitarían en la casa conyugal.

En virtud de que en esa época reinaba la oscuridad y los hombres se alumbraban únicamente con la luz trémula y débil producida por las hogueras, cierta ocasión en que el suegro de Kanachyuvé salió a buscar leña para mantener el fuego del hogar, tropezó a causa de la escasa visibilidad y se lastimó al caer. Luego de levantarse con dificultades, regresó adolorido a la choza; al encontrar a su yerno, se deshizo en lamentaciones e inclusive denuestos en su contra porque permitía que a sus años recogiera leña e, irritado, le reprochó su pusilanimidad ante la vida, en lugar de hacer algo importante como encontrar un medio para disipar la oscuridad.

Kanachyuvé escuchaba los regaños del anciano cuando llegaron su mujer y su suegra y al averiguar lo ocurrido, apoyaron el reclamo y apremiaron al héroe a realizar la difícil empresa.

Así, el resignado marido se devanó los sesos; pero al fin concibió un plan para conseguir la ansiada luz.

Buscó una hoja de "imbahuba", la peló dejando sólo el nervio central, metió uno de sus extremos en su boca como si hubiera sufrido un accidente fatal y se recostó en el suelo con los brazos abiertos, fingiéndose muerto. Minutos después, un enjambre de moscas revoloteaban ya sobre el supuesto cadáver y aunque la mayoría de los insectos se proponía atacarlo, la prudente líder del grupo aconsejó que esperaran la llegada de los urubúes (especie de buitres de color negro, patas rojizas y cuello azulados); y en efecto, no tardaron en presentarse dichas aves, que se alimentan de carroña.

La parvada feroz se disponía a iniciar el festín macabro pero uno de sus integrantes recordó que era menester aguardar la llegada del urubú rey porque a éste le correspondía el mejor trozo. Apenas concluyó la observación anterior, el urubú monarca, que tenía la rara característica de ser un ave de blanco plumaje, hizo majestuoso acto de presencia y cuando se posó en el pecho de Kanachyuvé, el astuto indígena le aprisionó las patas con ambas manos y se levantó triunfante.

Las moscas y los demás urubúes huyeron despavoridos y entonces el héroe amenazó al pariente de los buitres con ultimarlo si no le devolvía la luz. El ave rapaz intentó escapar, mas al advertir que nada podía hacer, le prometió a Kanachyuvé cumplir su deseo. Utilizó sus poderes mágicos y en el cielo tétrico apareció una minúscula lucecita dorada. Se trataba de Takiná (la estrella) y como iba demasiado aprisa, Kanachyuvé obligó a su rehén a que lo condujera hasta ella, le hizo una sangría en la pantorrilla y, al perder un poco de líquido vital, disminuyó la marcha.

Sin embargo, la luminosidad provocada no fue suficiente, a juicio del héroe, y amenazó nuevamente al urubú con asesinarlo, si no encontraba otra solución. Gracias al influjo del ave, surgió en lo alto de la bóveda celeste un brillante disco plateado que respondía al nombre de Arandú (la Luna) y al igual que Takiná, viajaba a tal velocidad que Kanachyuvé hubo de ocasionarle una herida para que aminorara el paso.

Como el urubú se negaba a realizar otro portento, el héroe le apretó el gaznate con tal fuerza que para salvar la vida, el monarca hizo aparecer a Diyu-ú (el Sol), cuyo magnífico resplandor se extendió por las selvas, las montañas, los ríos y alcanzó todos los rincones de la Tierra. Debido a que avanzaba con mayor celeridad que los demás astros, Kanachyuvé le practicó una cortada tan profunda que le causó cojera y su caminar se tornó penoso y lento.

Satisfecho, el héroe soltó al urubú y al regresar victorioso a su tribu descubrió, orgulloso, que encabezaban el cortejo de bienvenida su mujer y los ancianos progenitores de ella.

Glosario de personajes, lugares y animales fabulosos

Abasidas. Dinastía de 37 califas, fundada por Abu-l-abbas, quien destronó a los omeyas en 750. Los Abasidas reinaron en Bagdad de 762 a 1258.

Acamas. Mit. griega. Hijo de Teseo. Partió a combatir a la guerra de Troya y su novia Filis (V) murió debido a la larga espera, siendo convertida en almendro.

Adán. Mit. judía. Nombre del primer hombre que formó Dios, según el Antiguo Testamento.

Adonis. Mit. griega. Hijo de Esmirna (V) y de Ciniras. Su padre era a la vez abuelo suyo. Fue amante de Afrodita (V), por lo que Ares (V), al saberlo, adoptó la forma de un jabalí y le dio muerte clavándole sus afilados colmillos. De la sangre que brotó de su cuerpo surgieron las anémonas.

Afrodita. Diosa griega del amor y la belleza. Se ha pretendido que Afrodita quiere decir: "nacida de la espuma del mar". Según Hesíodo, fue hija de Urano, a quien su mismo hijo, Cronos (V), mutiló arrojando al mar sus órganos genitales, los cuales produjeron una espuma blanca que flotó sobre las aguas, naciendo de ella la deidad en toda su belleza y esplendor.
De allí marchó a Citera, después a la isla de Chipre y por último al Olimpo (V), morada de los inmortales, donde todos los dioses quedaron prendados de ella. Intervino en la guerra de Troya protegiendo a Paris. Esposa de Hefesto (V), el herrero divino, a quien engañaba con Ares (V).
También tuvo amores con Adonis (V). La Juventud era su mensajera y las Gracias sus compañeras y servidoras. Su culto principal estaba situado en la isla de Chipre, aunque también era adorada en toda Grecia y Asia Menor.

Águila Blanca. Protagonista de una leyenda de los pieles rojas, quien atrapó a una deidad estelar y se casó con ella.

Alcmena. Mit. griega. Hija de Electrión, rey de Micenas. Se casó con Anfitrión (V). Estando éste ausente, Zeus (V) tomó su apariencia para seducirla. De esa unión nació Heracles (V). Al morir Anfitrión, Alcmena se casó con Radamento, hijo de Zeus, quien educó a Heracles. Murió a edad avanzada siendo conducida por orden de Zeus a los Campos Elíseos.

Alectoor. Mit. griega. Noble guerrero que se encargaba de avisarle a Ares (V) el momento en que Febo (V), el Sol, iniciaba su recorrido por la bóveda celeste, a fin de que no descubriera las relaciones adulterinas del dios de la guerra con Afrodita (V). Un día se quedó dormido y Febo se enteró del romance, comunicándoselo a Hefesto (V), el esposo burlado. Ares, en castigo, convirtió a Alectoor en gallo para que nunca olvidara avisar a los hombres la salida del sol. El nombre griego de Alectoor deriva del adjetivo que significa "aquel cuyo canto hace salir de la cama".

Amaterasu. Mit. japonesa. Diosa solar. Espantada de las fechorías de su hermano Susanoo (V), se escondió en una cueva, privando de luz al mundo. Los demás dioses lograron hacerle salir con astucia y se casó posteriormente con Susanoo.

Amazonas. Mit. griega. Pueblo oriundo del Cáucaso que se estableció en Capadocia, a orillas del Termodonte, en el cual estaban excluidos los hombres. Las amazonas, para perpetuar su estirpe, se trasladaban una vez al año al territorio de los gargareos para unirse a los varones. De los frutos obtenidos únicamente conservaban a las niñas, a quienes adiestraban para la caza y la guerra, desde tierna edad. Fundaron, entre otras ciudades, Esmirna, Éfeso, Cime, Mirina y Pafos.

Ameno Uszunu. Mit. japonesa. Sensual bailarina que gracias a su modo de danzar y a los elogios recibidos por ello, hizo salir de la cueva en que permanecía oculta, a la diosa Amaterasu (V).

Amfortas. Hijo de Titurel (V). Soberano de los caballeros del Santo Grial. Decidió luchar contra Klingsor (V), hechicero enemigo suyo, fue derrotado y perdió la lanza con que Longinos hirió a Cristo. A partir de ese momento no se repitió el milagro mediante el cual Dios se manifestaba ante los caballeros de Montsalvat cada Viernes Santo, hasta que Parsifal (V) apareció para recuperar el arma y vencer al brujo.

Anémona. Mit. griega. Bella ninfa, Céfiro (V), que estaba casado con Cloris (Flora), la pretendió y se ganó su cariño. Al enterarse, Cloris expulsó a la ninfa del reino y Afrodita (V), compadecida, la transformó en flor.

Anfitrión. Mit. griega. Hijo de Alceo, rey de Tirinto. Se casó con Alcmena (V), que fue seducida por Zeus, y de esa unión nació Heracles (V). Murió luchando contra el rey de los mineanos, Ergino.

Angatch. Mit. malgache. Genio maligno.

Angusta. Mit. esquimal. Padre de Sedna (V).

Apolo. Mit. romana. Nombre latino de Febo (V).

Aracné. Mit. griega. Doncella natural de Lidia, hija del tintorero Idmón (V). Tenía tal habilidad en las artes de tejer y bordar que, ensoberbecida, desafió a la diosa Atenea (V) y logró vencerla. En castigo, la deidad la convirtió en araña.

Arandu. Mit. de los carayas (Brasil). Se trata de la Luna. El héroe Kanachyuvé (V) hubo de ocasionarle una herida para que aminorara su paso por la bóveda celeste.

Ares. Mit. griega. Hijo de Zeus y de Hera (V. cada uno). Dios de la guerra. Su carro lo conducían su hermana Belona, Fobos ("El Espanto") y Deimos. Durante la Guerra de los Dioses, cuando el Olimpo se dividió en dos bandos, Ares peleó contra Atenea (V) y fue derrotado. Tuvo amoríos con Afrodita, esposa de Hefesfesto (V), y de esas relaciones adulterinas nacieron Eros (V) y Hermione. Habitaba en Tracia y era odiado por la mayoría de los dioses a causa de su carácter brutal e intransigente.

Artemisa. Mit. griega. Hija de Zeus (V) y de Latona y hermana de Febo (V). Diosa de la caza. Siempre se mantuvo virgen. Acteón la sorprendió mientras se bañaba y en castigo lo transformó en ciervo. Mató por error a Orión (V), quien era su amigo. Representaba a la Luna. Su templo más famoso estuvo en Éfeso (V).

Arturo. Rey legendario de Bretaña. Hijo de Uther Pendragón (V) y de Ingerme (V), esposa de Garlois, Duque de Tentadil. Gracias a la ayuda de Merlín (V) pudo llegar al trono. Se casó con Ginebra (V) la cual le fue infiel con Lanzarote (V), el célebre caballero. Sir Thomas Malory rescató las fuentes medievales del ciclo artúrico y las plasmó en su libro clásico de las letras inglesas *Morte D'Arthur.*

Asclepios (ESCULAPIO). Hijo de Febo (V) y de Coronis. Nació en el monte Titeo. Lo educó el centauro Quirón y de él aprendió los secretos de la medicina. Era tal su sabiduría que llegó a resucitar a los muertos. Zeus (V) se opuso a que reviviera a Orión (V).

Ases. Mit. escandinava. Las 32 divinidades que integraban la corte de Odín (V).

Ataokoloinona. Mit. malgache. Hijo de Ndriananahary (V), el dios principal de los antiguos malgaches. Fue enviado a la Tierra para observar las cosas existentes en ella e informar a su padre si existía la posibilidad de crear seres vivos, pero nunca regresó a las mansiones divinas y de los exploradores que se enviaron en su busca provienen los ancestros del género humano.

Atenea. Mit. griega. Hija de Zeus (V). Según la tradición, nació de la cabeza de su padre, ya adulta y armada de escudo y lanza. Igualaba en sabiduría a Zeus y sobrepujaba a los demás dioses. Se le atribuía la invención de las ciencias y de la agricultura, habiendo dado a los griegos el olivo y el arado. Presidía la autoridad de los estados y de las leyes. Diosa epónima de Atenas, donde instituyó el Areópago o asamblea. Participó en el juicio de Paris y al salir derrotada, ayudó a los griegos en la guerra contra los troyanos.

Ayax. Mit. griega. Hijo de Telamón, rey de Salamina. Durante la guerra de Troya luchó contra Héctor, el defensor de Ilión y la lid terminó empatada. Cuando murió Aquiles, Ayax y Odiseo se disputaron el derecho de llevar las armas del héroe, y al vencer este último, el hijo de Telamón enloqueció de rabia y en estado de delirio degolló varios rebaños, creyendo ultimar a Odiseo, Menelao y Agamenón. Al volver en sí y recibir las burlas de los soldados se suicidó. De su sangre brotó la flor denominada "espada de caballero".

Balder. Mit. escandinava. (El nombre proviene de la raíz BAL = luciente, claro.) Como el anglosajón Bealder, antiguo nórdico Balder, puede utilizarse como nombre apelativo que significa "señor": podría ser que el nórdico Balds se tratara de un epíteto de otro dios germánico a quien se tributaba culto. Probablemente el propio dios Freyr (V), vinculado en cierta medida con atributos similares. Hijo de Odín (V) y de Frigg. Era el más apuesto de los ases (V). Todos los objetos del universo juraron respetarlo y ningún arma lo dañaba, sin embargo, Loki (V) se enteró de que el muérdago había escapado a dicha promesa y luego de fabricar un dardo propició que Hödr, el invidente hermano del dios, se lo lanzara, dándole muerte. La figura de Balder aparece en la mitología islandesa mezclada con rasgos que proceden de las leyendas medievales de Cristo, y resulta curiosa la similitud entre ambas, en lo que alude a ser heridos por una lanza y a resucitar para reinar sobre los hombres.

Bel. Mit. babilónica. Dios de los huracanes, que se irritó por no haber conseguido el exterminio general de los hombres, por medio del diluvio. Lo apaciguó Ea (V).

Bochica. Mit. chibcha. El creador. Civilizó a los hombres. Era una deidad solar.

Boreas. Mit. griega. También llamado Aquilón. Viento del Norte.

Bragi. Mit. escandinava. Escalda o trovador de Odín (V). Daba la copa de bienvenida a los héroes muertos en batalla. Se casó con la hermosa Idún (V).

Brahma. Mit. hindú. Dios creador. Nació de un huevo de oro, en el que permaneció durante un año, al cabo del cual, por el esfuerzo de su pensamiento, lo dividió en dos. De esas mitades hizo el cielo y la Tierra. De sí mismo sacó el espíritu que encerraba el ser y el no ser y luego el sentimiento del yo y todos los seres que viven.

Buda. Mit. hindú. Del sánscrito "buda", el sabio, el que comprende, el que ha despertado. Novena metamorfosis de Vishnú, encarnada en el príncipe Siddharta Gautama.

Calíope. Mit. griega. El nombre significa "la de la dulce voz". Musa de la poesía Épica, empuñaba el estilo y utilizaba las tabletas. Era hija de Zeus y de Mnemosina (V. cada uno).

Caronte. Mit. griega. Hijo del Erebo (río del infierno) y de la Noche. Su misión era pasar, las almas de los muertos, en una barca a través de la laguna Estigia, previo pago por éstas de una moneda. No admitía en su barca las almas de aquellos que no habían sido enterrados.

Cástor. Mit. griega. Hijo de Leda y de Tíndaro (V. cada uno). Junto con su hermano Pólux (V), que era inmortal, participó en la expedición de los Argonautas. Cástor pereció en un combate cerca del monte Taigeto y Pólux le pidió a Zeus (V) que lo volviese a la vida a cambio de privarlo a él de la inmortalidad. El dios Supremo accedió y mientras Cástor estaba en la Tierra, Pólux moraba en el averno. Luego, movido por el cariño que les tenía a ambos, Zeus los colocó entre los astros con el nombre de los Gemelos.

Catequil. Mit. inca. Dios del trueno.

Céfiro. Mit. griega. También llamado Favonio. Viento del oeste, de soplo suave y benéfico.

Celeo. Mit. griega. Rey de Eleusis que dio asilo a Deméter (V) cuando ésta peregrinaba en busca de Perséfone (V).

Centeotl. Mit. mexica. Dios del maíz.

Cerbero. Mit. griega. Perro de tres cabezas que guardaba la puerta de los infiernos. Era hijo del gigante Tifón (V) y de Equidna. Cuando Orfeo bajó a buscar a Eurídice, lo adormeció con la música producida por su lira.

Climene. Mit. griega. Helios (V) la sedujo a pasar de ser una simple mortal y tuvo por hijo a Featón (V).

Clío. Mit. griega. El nombre significa "la que ensalza", y se trata de la musa de la historia. Traía corona de laurel, la trompeta heroica y la clepsidra. Era hija de Zeus y Mnemosina (V. cada uno).

Clitemnestra. Mit. griega. Hija de Tíndaro (V) y de Leda (V). Se casó con Agamenón y tuvo por hijos a Orestes, Electra, Ifigenia y Crisotemos. Durante la ausencia de su marido, que se encontraba en Troya, se enamoró de Egisto, y al regreso de Agamenón, le dio muerte a éste. Más adelante, su hijo Orestes, con la aprobación de Electra, vengó a Agamenón, asesinando a Clitemnestra.

Coloso de rodas. Una de las maravillas del mundo antiguo. Estaba situado en el puerto de la isla griega del mismo nombre y medía más de 30 m de altura. Correspondía a Helios (V), dios solar. Fue diseñado y construido por Cores, hacia 290 a. de C. Se cayó a causa de un terremoto.

Como. Mit. romana. Dios de los banquetes, de la alegría y las danzas nocturnas.

Constancio. Rey legendario de Bretaña, que tuvo tres hijos: Moines, Pendragón y Uther (V. cada uno).

Core. Mit. griega. Otro nombre de Perséfone (V).

Creusa. Mit. grecolatina. Hija de Creonte. Madre de Jano (V). Murió víctima de Medusa, al ponerse una túnica que la abrasó.

Cronos. Mit. griega. Hijo de Urano y de la Tierra, y padre de Zeus (V), Poseidón (V) y Hades (V). No queriendo que hubiera más herederos en su familia, castró a su padre. De la sangre derramada, mezclada con la espuma del mar, nació Afrodita (V). Devoraba a todos los hijos que tenía con Rea para que no pudieran destronarlo. Sólo Zeus se salvó y lo derrocó. Entonces Cronos huyó a Italia, donde Jano (V) le dio buena acogida. Era dios del tiempo, del sol y de las cosechas.

Cundá. El nombre significa "flor de olores". Según una leyenda tarasca, era hija de Zintsimi (V), rey de Itzáparamucum, se enamoró de Tamapachá (V) y trató en vano de conseguir su amor. Luego de un triste desenlace, sólo pudo tener como recuerdo el corazón de su amado.

Curicaveri. Mit. tarasca. Señor del fuego y del Sol, casado con Xaratanga, la Luna (V).

Curivaperi. Mit. tarasca. Diosa de la lluvia. Madre de los dioses y de todo lo existente.

Cuycha. Mit. inca. Deidad del arco iris.

Chang E. Mit. china. Esposa de Hou Yi (V). Bebió el elixir de la inmortalidad, para que no lo hurtara Feng Meng (V) y fue transformada entonces en deidad lunar.

Chia. Mit. chibcha. Era una deidad lunar.

Chicomecoatl. Mit. mexica. Deidad de la fertilidad.

Dafne. Mit. griega. Doncella hija de Peneo (V) y de Gea, de la que se enamoró Febo (V), quien la persiguió para poseerla. Cuando le dio alcance, la joven pidió ayuda a su padre y éste la convirtió en laurel.

Daland. Padre de Senta (V). Personaje de la leyenda relativa al Holandés Errante (V), que Richard Wagner hizo célebre mediante su composición *El buque fantasma.*

Dédalo. Mit. griega. Descendía de los primeros reyes de Atenas. Muy joven hubo de abandonar su patria por haber dado muerte a su primo y se refugió en Creta, donde Minos (V) lo acogió. Allí construyó el famoso laberinto para albergar al Minotauro (V). Cuando Teseo mató al monstruo, Minos, encolerizado, encerró en el laberinto a Dédalo, pero éste huyó volando en compañía de su hijo Ícaro (V), gracias a unas alas que fabricó.

Deméter. Mit. griega. Hija de Cronos (V) y de Rea y hermana de Zeus, Poseidón y de Hera (V. cada uno). Diosa agrícola. Su hermano Poseidón la pretendió y ella, para evitarlo, se metamorfoseó en yegua; sin embargo, el testarudo dios se transformó en caballo y la poseyó, naciendo de esa unión el corcel Arión. De sus amores con Zeus nació Perséfone (V), que fue raptada por Hades (V), causándole gran pesar a su madre. Fue tal su tristeza que se negó a hacer que las semillas germinasen, hasta no conseguir que su hija regresara al menos durante una época del año.

Demofonte. Hijo de Metanira y de Céleo (V. cada uno). Deméter (V) fue su nodriza y le untaba ambrosía en el cuerpo, lo enterraba al anochecer en ceniza ardiente y soplaba ligeramente sobre él, en lugar de alimentarlo, para trasmitirle poco a poco la inmortalidad. Sin embargo, Metamira, su madre, vio por casualidad cuando la diosa lo colocaba sobre las brasas y al ser descubierta Deméter no concluyó su tarea.

Dhusakara. Fábula hindú. Nombre de un astuto chacal que hizo caer a un burro en las garras de un león, para después arrebatarle la presa.

Dioniso. Mit. griega. Hijo de Zeus (V) y de Semelé. Cuando los gigantes escalaron el cielo, Dioniso luchó contra ellos, tomando la forma de un león. Era el dios del vino y simbolizaba la dicha de vivir.

Diyu-u. Mit. de los corayas (Brasil). Se trata del Sol, que los hombres obtuvieron gracias a la astucia del héroe Kanachyuvé (V).

Ea (o **Enki**). Mit. babilónica. Dios de las aguas que previno a Utanapishtim (V) sobre el diluvio que terminaría con la humanidad.

Eco. Mit. griega. Ninfa, hija del Aire y de la Tierra. Se enamoró de Narciso (V), pero como éste no le correspondió, murió de amor, quedando sólo su voz.

Ehecatl. Mit. náhuatl. Dios del viento, advocación de Quetzalcóatl (V).

Enopio. Mit. griega. Hijo de Dioniso y padre de Merope (V). Cuando Orión (V) le pidió la mano de su hija, le puso por condición que exterminara a las fieras de su isla. Orión realizó la tarea, pero Enopio se negó a cumplir su palabra. Enojado, Orión violó a Merope.

Eolo. Mit. griega. El nombre significa "el veloz". Guardián de los vientos que descendía de Poseidón (V) y Arne. Se le atribuía la invención de los navíos. Vivía en Eolia.

Eos. Mit. griega. La Aurora. Hija de Febo (V) y de Thía. Tuvo amores con Tifón, con Céfalo y con Orión (V). Siempre iba delante del Sol, y el Sueño y la noche huían ante su presencia.

Epimeteo. Mit. griega. Hermano de Prometeo (V). Se casó con la bella Pandora (V).

Erato. Mit. griega. El nombre significa "la adorable". Musa de la poesía erótica o amatoria. Se le representaba coronada de mirto y rosas, la acompañaban dos tórtolas y tañía el laúd. Era hija de Zeus y Mnemosina (V. cada uno).

Eros. Mit. griega. Hijo de Afrodita (V). En los comienzos era un genio que infundía el placer de la creación. Más tarde pasó a ser la personificación del Amor. Modernamente se le representaba como un niño o un joven desnudo, con alas y empuñando el arco. Se casó con Psique (V).

Escandinavia. La península nórdica ocupada por Suecia, Noruega y parte de Laponia. Está limitada por el Océano Glacial Ártico al norte; los cursos fluviales del Torne, Muonio y Tana al nordeste; el golfo de Botnia y el mar Báltico, al este; el mismo mar y los Pasos del Sund, Kattegat, Skager-rack y el Mar del Norte, al sur; y el Océano Atlántico, al oeste. Por comunidad lingüística, racial e histórica, abarca también Dinamarca, Finlandia y las islas oceánicas conquistadas por los vikingos, como el archipiélago de las Feroes e Islandia.

Esmirna. Mit. griega. Por vanagloriarse de que superaba en belleza a Afrodita, provocó que se enamorara de su padre y, luego de embriagarlo, se uniera a él. De esa relación nació Adonis (V), quien después se convertiría en amante de Afrodita.

Estatua de Zeus, en Olimpia. Una de las maravillas del mundo antiguo. Obra del escultor ateniense Fidias, quien la concluyó hacia el 430 a. de C. Elaborada de madera recubierta de oro y marfil, de 12 m de alto. Sucumbió a causa de un terremoto en el siglo VI.

Euro. Mit. griega. Viento del Este.

Euterpe. Mit. griega. El nombre significa "la que alegra". Musa de la música, hija de Zeus y Mnemosina (V. cada uno). Se le representaba coronada de flores y tocando la flauta.

Eva. Mit. judía. La primera mujer, según la *Biblia*, formada de la costilla de Adán (V), durante un sueño que tuvo.

Excalibur (Scaliborn). Mágica espada que hizo aparecer Merlín (V) clavada en una gran piedra para que la persona que pudiera sacarla fuera proclamada rey de Bretaña. Sólo Arturo (V) pudo hacerlo.

Faetón. Mit. griega. Hijo de Helios (V) y de Clímene (V). Como le echaban en cara que no era hijo del Sol, consultó a su madre, quien le aconsejó visitar a su padre para asegurarse. Lo hizo así y Helios, para demostrarle su paternidad, le dejó conducir su carro por un día, pero como no conocía los caballos condujo de una manera tan torpe que Zeus (V), para evitar una desgracia, lo fulminó con su rayo.

Faro de Alejandría. Una de las maravillas del mundo antiguo: medía aproximadamente 134 m de altura, fue erigido por Sóstrato de Cnido hacia el año 280 a. de C. y fue destruido por un terremoto, en el año 796 de nuestra era.

Febo. Mit. griega. Hijo de Zeus (V) y Latona, representaba al Sol. Fue dios protector de las Artes y la Medicina. Pocos días después de su nacimiento, con flechas que le dio Hefesto (V), mató a la serpiente Pitón que había enviado Hera (V). Habitaba en el Parnaso (V) el Helicón y el Pindo en unión de las musas (V). Exterminó con sus flechas a los cíclopes y Zeus, irritado, lo desterró del Olimpo (V). Entonces el dios tuvo que ganarse la vida como pastor de los ganados del rey Admeto en Tesalia, Hermes (V) le robó los animales y fue despedido. Trabajó entonces fabricando ladrillos para la construcción de Troya (V) hasta que Zeus lo perdonó, confiándole la conducción del carro del Sol.

Feng Meng. Mit. china. Discípulo de Hou Yi (V) a quien mató por envidia. Trató de robarle, sin éxito, el elixir de la imortalidad a Chang-E (V).

Filato. Mit. griega. Personaje que albergó en su palacio a Deméter (V) cuando ésta regresaba de Eleusis y a quién la diosa, agradecida, obsequió como presente el olivo.

Filis. Mit. griega. Princesa de Tracia. Amaba profundamente a Acamas (V) y como éste no volvía de la guerra, murió de pena y fue transformada en almendro.

Freyr. Mit. escandinava (También denominado Fricco, "el esposo"). Era hijo de Njörd (V) y dios de la fecundidad. Se enamoró perdidamente de la bella Gerd y durante sus peripecias por conseguir su amor perdió su valiosa espada. Su carro era tirado por el jabalí Gullinbursti. Murió a manos de Surtr. Debido a sus atributos, al tiempo que era dios de la fertilidad de los campos, lo era de la fecundidad de las mujeres, por lo que en las bodas se le ofrecían libaciones.

Fu Sang. Mit. china. Árbol enorme cuyo tronco sólo podía ser abarcado con los brazos unidos de mil personas. Los diez soles originales solían descansar sobre sus ramas.

Garuda. Mit. hindú. Rey de los pájaros. Se le representaba con cabeza humana. Fue vencido por Visnú, que lo usaba como cabalgadura para recorrer el espacio.

Genio. Mit. romana. Deidad menor que regía el nacimiento de cada mortal, vivía unido a él durante el curso de su vida, conocía sus pensamientos y le guiaba en todos sus actos. Todos los humanos tenían dos genios: el del bien y el del mal.

Gilgamesh. Mit. babilónica. Rey de Uruk y bisnieto de Utanapishtim (V), a quien visitó para que le revelara la manera de conseguir la inmortalidad, pero no pasó la prueba para conocerla. Gilgamesh, equivalente al Heracles (V) griego, es el héroe legendario de Sumeria, protagonista de la epopeya más remota de la humanidad.

Ginebra. Esposa de Arturo, el famoso rey bretón. Se enamoró de Lanzarote (V) y mantuvo relaciones adulterinas con él. Al morir Arturo se recluyó en un convento y hasta su muerte, suspiró por el cariño de Lanzarote.

Godiva, Lady. Protagonista de una célebre leyenda inglesa acuñada en Coventry. Sir Leofric, su marido, quien era gobernador, elevó tanto los impuestos que Lady Godiva lo amenazó con pasearse desnuda por la ciudad si no los reducía. El testarudo y malvado Leofric no se conmovió y ella hubo de cumplir su palabra.

Guaha Loque. Mit. chibcha. Dios que vivía en un lago.

Hades. Mit. griega. Dios infernal. Hijo de Cronos (V) y de Rea (V). Al apoderarse Zeus (V), hermano suyo, del poder, fue nombrado rey del averno. Raptó a Perséfone y la hizo su mujer. Se le representaba con una corona de ébano, conduciendo un carro tirado por briosos corceles negros. Se le invocaba tocando la tierra con las dos manos, y le eran sacrificadas cabras y ovejas negras.

Hebe. Mit. griega. Hija de Zeus y de Hera (V. cada uno). Diosa de la juventud. Su misión era servir el néctar de los dioses. Se casó con Heracles (V).

Hefesto. Mit. griega. Dios del fuego y herrero divino. Hijo de Zeus y Hera (V. cada uno). A causa de su fealdad fue arrojado del cielo al mar, pero lo salvaron Tetis, diosa marina, y la oceánida Eurinome. Debido a la caída quedó cojo y permaneció nueve años en una gruta fabricando joyas para las Nereidas. Al volver al Olimpo (V) forjó armas y joyas para los dioses. En la guerra de Troya estuvo a favor de los griegos. Estaba casado con Afrodita (V), la bella diosa del amor, que lo engañaba con Ares (V), Adonis (V), Hermes (V) y otros dioses e inclusive mortales.

Helena. Mit. griega. Hija de Zeus y de Leda (V. cada uno). Se casó con Menelao, rey de Esparta. El troyano Paris la raptó y tal hecho motivó la guerra de Troya, que duró diez años y terminó con la destrucción de la ciudad. Menelao la perdonó y la llevó nuevamente a Esparta.

Helicón. Montaña elevada de Beocia, donde vivían las Musas (V). Sus laderas estaban cubiertas de vegetación y tenía fuentes cantarinas, como la Hipocrene, que brotó cuando el caballo Pegaso golpeó el suelo.

Helios. Mit. griega. Hijo de Hyperión y de Basilea. Fue ahogado por los titanes. Su madre lo buscó y cansada de no encontrarlo se durmió. En sueños se le apareció a Basilea y le aseguró que los dioses lo habían hecho inmortal. Era una deidad ígnea y solar.

Henrir (Hoenir). Mit. escandinava. Pariente de Odín (V). Lo acompañó en el episodio en el que el gigante Thjazi (V), convertido en águila, los engañó, robándoles un suculento buey que habían cazado.

Hera. Mit. griega. Hija de Cronos (V) y de Rea (V), y hermana y esposa de Zeus (V). Según una versión nació en la isla de Samos, a orillas del río Imbraso y pasó su infancia en la isla de Eubea, donde la criaron las Horas. Con Zeus procreó a Hebe (diosa de la juventud), Itilia, Ares (V) y Hefesto (V). A causa de las múltiples infidelidades de su marido tuvo con él muchos disgustos y persiguió de manera implacable a las amantes del dios. Participó en el juicio de Paris y, al salir derrotada, apoyó a los griegos en la guerra contra Troya, aplacando su ira hasta que cayó la legendaria Ilión.

Heracles. Mit. griega. Hijo de Zeus (V) y de Alcmena (V). Zeus tomó la forma de Anfitrión (V), marido de Alcmena, y engendró al héroe. Hera (V), celosa, hizo que Alcmena diese a luz antes otro hijo, Euristeo, para que siendo primogénito, tuviera autoridad sobre Heracles. Así, cuando ambos hijos llegaron a la edad adulta, Hera indujo a Euristeo a que le impusiera a Heracles doce trabajos o empresas de muy difícil realización: 1. Llevarle la piel del león de Nemea. 2. Exterminar a la hidra de Lerna. 3. Traerle vivo al ciervo de Arcadia. 4. Presentar vivo al jabalí de Erimanto. 5. Limpiar los establos del rey Augias, que poseía una manada de mil bueyes. 6. Dar muerte a los pájaros de Ares. 7. Capturar al fiero toro de Creta. 8. Hacer lo propio con las yeguas de Diomedes. 9. Conseguir el ceñidor de la reina de las amazonas (V). 10. Traerle los bueyes de Gerión. 11. Robarse las manzanas de oro del jardín de las Hespérides. 12. Capturar al fiero can Cerbero. El héroe logró salir avante en cada una de dichas tareas y realizó además otras hazañas notables. Heracles tuvo muchas mujeres, entre las que destacan las cincuenta hijas de Testio, rey de Etolia. La última de ellas fue Deyanira, a la cual el centauro Neso quiso raptar, pero el héroe lo mató con un certero flechazo. Sin embargo, Neso, antes de morir, le dio a Deyanira la túnica que llevaba, empapada en sangre, asegurándole que Heracles la amaría siempre si lo convencía de ponérsela. Así lo hizo y el héroe sintió que la prenda se adhería a su cuerpo y lo quemaba. Entonces, enloquecido por el dolor, erigió una pira y se arrojó a ella. Zeus lo llevó al Olimpo (V), lo casó con Hebe (V) y le concedió la inmortalidad.

Hermafrodito. Mit. griega. Hijo de Hermes (V) y de Afrodita (V). Las ninfas lo criaron en los bosques de Ida, en Frigia. En su juventud, la náyade Salmacis (V) lo sedujo y le pidió a Zeus (V) que los mantuviera unidos para siempre. El dios accedió y ambos cuerpos quedaron fusionados en uno solo dotado de los dos sexos.

Hermes. Mit. griega. Hijo de Zeus (V) y de Maya. Dios del comercio, de los ladrones y de cuantos se dedicaban a las artes liberales. Entre sus travesuras, robó el carcaj de Eros (V), la espada de Ares (V) y el ceñidor de Afrodita (V). A causa de sus delitos fue arrojado del Olimpo (V), yéndose a vivir a Tesalia, donde se dedicó al pastoreo, y allí le robó a Febo (V) los rebaños del rey Admeto, que éste cuidaba. Luego hizo las paces con Febo, y el dios le obsequió una varilla que tenía la propiedad de reconciliar a los enemigos. Hermes interpuso dicho objeto entre dos serpientes que luchaban, las cuales se enroscaron alrededor, formando el caduceo, principal atributo del dios. Inventó las pesas y medidas. Zeus lo perdonó y lo hizo su consejero, intérprete y mensajero divino.

Hespérides. Mit. griega. Ninfas, hijas de Efebo y de la Noche. Eran tres y vivían en un maravilloso jardín cuyos árboles producían manzanas de oro. El jardín estaba custodiado por un feroz dragón de cien cabezas que fue muerto por Heracles (V).

Hine. Mit. neozelandesa. La primera mujer, formada con arcilla por Tane (V). Se unió a él, surgiendo la humanidad. Al enterarse de que su marido era también su padre, avergonzada, se escondió en el mundo subterráneo, convirtiéndose en reina de esos dominios bajo el nombre de Hine-Nui-Te-Po ("Gran Señora de la Noche").

Hipólita. Mit. griega. Reina de las amazonas (V) a la que Hermes (V) le robó su cinturón, dándole muerte.

Holandés Errante. Personaje legendario que Richard Wagner hizo inmortal a través de su obra *El buque fantasma*. Navegaba por los siete mares en busca de la redención, hasta que se enamoró de Senta (V), quien lo liberó de su penar, ofrendando su vida en prueba de su amor.

Horas, las. Mit. griega. Hijas de Zeus (V) y de Temis. Eran Talo, Carpo y Auxo. Fueron diosas de la temperatura y de las estaciones, protectoras del crecimiento y de la floración. Cuidaban del carro y de los caballos del Sol. Estaban dotadas de juventud y belleza eternas.

Horus. Mit. egipcia. Hijo de Osiris y de Isis (V. cada uno). Ayudó a su madre a recuperar el reino, cuando Set (V) se lo arrebató a su padre. Pereció a manos de los titanes, pero Isis logró hacerlo inmortal, le enseñó los secretos de la medicina y el arte de vaticinar el porvenir.

Hou Yi. Mit. china. Arquero divino que envió el soberano del cielo para castigar a los diez soles originales. Victimó a nueve de ellos, quedando sólo el sol que aún nos alumbra. Se casó con la hermosa Chang E (V) y fue muy querido por los hombres, debido a los servicios que les prestó.

H'Zac Ceeh. Protagonista de una bella leyenda maya. El nombre significa "venado blanco". Dormido, vio a la mujer de sus sueños y no cejó hasta encontrarla, guiado por el "Sol de reflejos verdes".

Ícaro. Mit. griega. Hijo de Dédalo (V). Provisto de alas huyó de la cárcel en que se encontraba en compañía de su padre. Sin embargo, desoyó los consejos de su progenitor de que no volara cerca del Sol y el calor del astro rey derritió la cera que unía las plumas de sus alas, por lo que cayó, provocándose la muerte.

Idmón. Mit. griega. Tintorero natural de Lidia, cuya hija, Aracné (V), fue convertida en araña por la diosa Atenea (V) al ser vencida ésta en un concurso de tejido.

Idún. Mit. escandinava. Diosa de la inspiración poética y de la juventud. Cuidaba las manzanas prodigiosas que comían los dioses para mantenerse jóvenes. Era esposa de Bragi (V).

Ilitia. Mit. griega. Hija de Zeus y de Hera (V. cada uno). Diosa protectora de los partos.

Ingerme. La madre del famoso rey Arturo (V). Al quedar viuda, se casó con el rey Uther Pendragón (V).

Inti o **Apu-Punchau.** Mit. inca. El nombre significa "jefe del día". Se trataba del Sol.

Ireticatame. Jefe tarasco que condujo a su pueblo hasta el señorío agrícola de Naranján (en el actual estado de Michoacán).

Iris. Mit. griega. Hija de Taumas y de Electra. Fue mensajero de Zeus y de Hera (V. cada uno). Diosa del aire, abría las nubes y las iluminaba formando el arco iris. Fue amante de Céfiro (V). Trató de convencer a Deméter (V) de que las semillas volvieran a germinar, pero la diosa no aceptó hasta lograr que Perséfone (V), su hija, regresara a morar en la Tierra por lo menos parte del año.

Isis. Mit. egipcia. Esposa de Osiris (V). Cuando éste perdió su reino, Isis lo recuperó con la ayuda de Horus, su hijo. Los egipcios la veneraban bajo la forma de una vaca. También representaba la Luna. Personificaba la fuerza fecundadora de la naturaleza.

Jacinto. Mit. griega. Apuesto joven al que amaban Céfiro (V) y Febo (V). Cierto día en que Jacinto y Febo competían en el lanzamiento de disco, Céfiro, celoso, hizo que el tejo impulsado por Febo, el dios solar, se desviara y le pegara en la sien a su compañero, matándolo. Febo, al no poder revivirlo, lo convirtió en flor.

Jano. Mit. romana. Rey de Lacio, hijo de Apolo (V) y la ninfa Creusa (V). Acogió en sus estados a Saturno (V) cuando fue arrojado del cielo. El dios, agradecido, le otorgó el don de conocer el pasado y el futuro. Por ello se le representaba con dos caras y hasta con cuatro, y con una llave en una mano y una vara en la otra, queriendo significar con ello que había inventado las cerraduras y protegía además a los caminantes. Aprendió de Saturno la agricultura y el modo de civilizar a los pueblos. Tenía un templo en Roma cuyas puertas estaban cerradas en tiempos de paz y abiertas cuando había guerra.

Jardines colgantes de Babilonia. Una de las maravillas del mundo antiguo. Se erguían majestuosos sobre el río Éufrates. Según una leyenda, fueron creados por encargo de Semíramis.

Jehová. Mit. judía. Nombre dado a Dios por los hebreos.

Jimmu Teno. Mit. japonesa. Primer emperador del Japón, nieto de la diosa Amaterasu (V), de quien recibió los tesoros sagrados: el espejo, el sable y la gema extraída del dragón marino que ultimó Susanoo (V).

Jinhua. Leyenda china. El nombre significa: "flor de oro". Se trata de una envidiosa vecina de Qiaogu (V) que siempre quiso quitarle su portentoso vestido nupcial.

Kanachyuvé. Mit. de los carayas (Brasil). Héroe de características similares al Heracles griego. Gracias a él, la humanidad pudo tener la luz diurna.

Karalakesara. Fábula hindú. Nombre de un león que participó en una célebre fábula en la cual fue engañado por Dhusakara (V), un astuto chacal.

K'I-Ilin. Animal que en las fábulas chinas era de buen agüero, junto con el dragón, el fénix y la tortuga. Su cuerpo hacía recordar al del ciervo, su cola a la del buey. Lucía en su pelaje cinco colores entreverados y el cuerno que llevaba en la frente era de carne. Se trataba de un unicornio chino.

Kin. Mit. china. Espíritu del aire. Logró salvar al primer hombre de una muerte segura que le hubiera provocado la mordedura de una serpiente, sin embargo, el ofidio había soplado ya su hálito emponzoñado sobre el rostro del humano, trasmitiéndole el egoísmo, la traición, la crueldad, la sospecha y la envidia.

Klingsor. Hechicero enemigo de los caballeros del Santo Grial quien le robó a Amfortas (V) la lanza con que Longinos hirió a Cristo. Parsifal (V) hubo de luchar contra él y lo venció y aniquiló.

Kundry. Hermosa mujer de la corte de Klingsor (V) que sedujo a Amfortas (V) y le dio a beber un elixir que provocaba olvido temporal y embriaguez, dejándolo a merced de su amo. Como personaje, forma parte de la leyenda de Parsifal (V).

Kunlun. Mit. china. Monte donde la Reina Madre del Oeste guardaba el elixir de la inmortalidad.

Lanzarote. Célebre caballero de la corte del rey Arturo (V). Fue amigo y hombre de confianza del monarca, hasta que se enamoró de Ginebra (V), la reina, y sostuvo con ella un tórrido romance. Entonces hubo de pelear con su antiguo amigo hasta que hicieron las paces por intermediación del arzobispo de Canterbury.

Lares. Mit. romana. Dioses domésticos, hijos de Júpiter (V) y de Laruda. Se les veneraba en las casas en forma de pequeñas estatuas. Además de los Lares domésticos, los había de carácter público, protectores de los caminos y de cada ciudad.

Leda. Mit. griega. Esposa de Tíndaro (V), a la que Zeus (V) amó, tomando para ello la forma de un cisne. Fue madre de Helena (V) de Troya (V).

Lemures. Mit. romana. Fantasmas nocturnos que atormentaban a los mortales. Procedían de las almas de los hombres malvados. En el mes de mayo se celebraba una fiesta en su honor, y durante aquellos días se cerraban los templos y se postergaban los matrimonios.

Leofric, Sir. Esposo de Lady Godiva (V). Gobernador de Coventry. Elevó a tal grado los impuestos, que su mujer exigió la reducción de los mismos y lo amenazó que de no hacerlo, pasearía desnuda en su caballo por la ciudad. Duro de corazón, no cedió y Lady Godiva hubo de cumplir su promesa.

Lohengrin. Mit. germánica. Héroe de la leyenda germánica que se le atribuye a Wolfran de Eschenbach, quien vivió en el siglo XIII. Era hijo de Parsifal (V) y caballero del Santo Grial. Se casó con Elsa, pidiéndole previamente como condición que no le preguntara su nombre ni su origen. Cuando ella faltó a su palabra la abandonó, no sin antes desencantar a Godofredo, su cuñado, el cual había sido convertido en cisne.

Loki. Mit. escandinava. Su nombre pertenece lingüísticamente al antiguo norso *logi*-corteza de roble. Hijo de Farbanti ("tronco con hojas de donde sale el fuego"). De tal suerte, resulta probable que el procedimiento manual de obtener fuego por el choque y frotamiento de una madera dura en otra blanda, evolucionó el campo mitológico para dar origen a este dios. Cuando el fuego del hogar chisporroteaba en Noruega se decía que Loki golpeaba a sus hijos; asimismo, en Suecia se echaban al fuego los dientes infantiles, consagrándoselos a Lokke (Loki), y en Dinamarca, durante los días cálidos en que brillaba el aire se afirmaba que Loke sacaba sus ovejas a pastar. Aparece casi en la totalidad de los mitos escandinavos como deidad malévola que se identificó en la Edad Media con Lucifer, con fines de manipulación por parte de los monjes cristianos.

Lumbakarna. Fábula hindú. Nombre de un burro tonto que luego de escapar a una celada preparada por un chacal y un león, volvió a caer en la trampa para ser ultimado.

Luzbel. Mit. judía. El principal de los ángeles malditos que fueron arrojados del cielo por querer competir con Dios. Es símbolo contrario al de la luz, pues vencido en el cielo, aspira a vengar su derrota en la Tierra, oscureciendo la inteligencia de los hombres.

Mama-Cuna. Mit. inca. Matronas que instruían a las llamadas "Vírgenes del Sol", vestales encargadas de conservar el fuego sagrado.

Mama-Quilla. Mit. inca. Diosa de la Luna. Esposa y hermana del Sol. Divinidad protectora de las mujeres casadas.

Mancang. Leyenda china. El nombre significa: "granero lleno". Se trata del novio y posteriormente marido de Qiaogu (V). Su familia le regaló como dote a la novia un puñado de arroz, una col, un puñado de frijoles y un racimo de pimienta. Dichos obsequios fueron tomados como modelos por Qiaogu para confeccionar su vestido nupcial.

Manes. Mit. romana. Nombre de las almas entre los romanos. Les eran dirigidas plegarias y ofrecidas libaciones e inmoladas ovejas negras. El ciprés les estaba consagrado. El fuego les causaba gran alegría y por ello había la costumbre de colocar lamparitas en los sepulcros, pues se creía que moraban junto a ellos.

Maraña. Mit. melanesia. Dios que al imitar las acciones de Qat (V) para crear seres humanos, intentó hacer lo mismo pero fallo. De ese hecho desafortunado la humanidad recibió su esencia mortal.

Mausoleo de Halicarnaso. Una de las maravillas del mundo antiguo, situado en la costa del Asia Menor. Tumba fastuosa diseñada por el arquitecto griego Pitio, para Mausolo, gobernador persa de Caria. Medía 49 m de altura. Un terremoto lo destruyó.

Melanesia. Parte de Oceanía cuyo significado es el de "islas de los negros", que comprende tres regiones principales: Nueva Guinea, una guirnalda de archipiélagos volcánicos (islas Salomón, Nuevas Hébridas, Nueva Caledonia) y, un poco al margen, las islas Fidji.

Melpómene. Mit. griega. El nombre significa "la que canta". Hija de Zeus y Mnemosina (V. cada uno), y musa de la tragedia. Era representada con la máscara trágica y la maza de Heracles (V), o un puñal.

Merlín. Mago célebre del reino de Bretaña. Ayudó en un principio al rey Uther Pendragón (V) y después a Arturo (V), descendiente de éste. Hizo aparecer en medio de la plaza una enorme piedra que tenía clavada una espada, en cuya empuñadura había una inscripción en la que se señalaba que la persona que lograra sacarla, merecería reinar. Sólo Arturo pudo hacerlo, a pesar de su corta edad.

Mérope. Mit. griega. Hija de Enopio (V). Orión (V) se enamoró de ella, pero no pudo hacerla su esposa, por oposición de su padre.

Metanira. Mit. griega. Esposa de Céleo (V), rey de Eleusis. Durante el tiempo que pasó Deméter (V) en su palacio disfrazada de nodriza, se dedicó a trasmitirle a Demofonte (V) la inmortalidad, de manera paulatina. Sin embargo, Metanira la descubrió cuando colocaba al pequeño sobre las brasas y la diosa, encolerizada, no pudo realizar su propósito.

Meyahuel (o **Mayahuel**). Mit. náhuatl. "Diosa de las 400 tetas". Deidad inventora del pulque.

Miguel, arcángel. Mit. judía. El arcángel San Miguel ("semejante a Dios") es quien capitanea las milicias angélicas en su lucha contra las fuerzas del mal.

Minos. Mit. griega. Rey de Creta. Hijo de Zeus (V) y de Europa. Padre de Ariadna. Después de muerto, fue nombrado rey de los infiernos.

Minotauro. Mit. griega. Monstruo con cuerpo de hombre y cabeza de toro, nacido de la unión de Pasifae y un toro enviado por Poseidón (V). Fue encerrado en el laberinto de Creta donde se alimentaba de carne humana hasta que lo mató Teseo.

Misme. Mit. griega. Reina que dio asilo a Demeter (V) en su palacio del Atica. Ascábalo, su hijo, se mofó de la deidad y fue convertido en lagarto.

Mnemosina. (La Memoria.) Mit. griega. Titánida, hija del Cielo y de la Tierra, amante de Zeus (V), de cuyos amores nacieron las musas (V).

Moines. Rey bretón que sucedió a su padre Constancio (V) en el trono. Murió en un combate con los sajones, víctima de la traición de Vortingern (V), quien fuera su senescal.

Momo. Mit. romana. Deidad de los chistes y de la burla.

Monte Nisir. Mit. babilónica. Cumbre en la que se detuvo la nave de Utanapishtim (V), cuando comenzaron a descender las aguas, luego del diluvio.

Mordred. Enemigo del rey Arturo (V). Según algunas versiones era su hermano. Sucedió al rey legendario en el trono.

Musas, las. Mit. griega. En sus orígenes, las musas fueron al parecer divinidades de las fuentes, más tarde se convirtieron en diosas de la memoria y, por último, en deidades que presidían las artes liberales y las ciencias. Originalmente eran veneradas en el Helicón tres de ellas: Melete, Mneme y Aoide, después aumentó su número a siete; los pitagóricos aceptaban ocho, y después se generalizó la cifra de nueve. Eran hijas de Zeus (V) y de Mnemosina (la Memoria), y se trataba de Clío (musa de la historia), Euterpe (de la música), Talía (de la comedia), Melpómene (de la tragedia), Terpsícore (de la danza), Erato (de la poesía amatoria), Polimnia (de la poesía lírica), Urania (de la astronomía) y Calíope (de la poesía épica y de la elocuencia) (V. cada una de ellas).

Narciso. Mit. griega. Hijo del río Cefiso y de la ninfa Liríope, que orgulloso de su apostura se mostraba insensible al amor de todas las doncellas. Eco enfermó de amor por él y adelgazó hasta desaparecer, quedando sólo su voz. Eros (V) lo castigó e hizo que se enamorara de su propia imagen, que veía reflejada en un estanque. Al fenecer por inanición, de sus despojos brotó la flor que hoy lleva su nombre.

Ndriananahary. Mit. malgache. Dios principal y padre de Ataokoloinona (V). Inventó la lluvia.

Nebka. Rey egipcio que hizo justicia a Uba-Oner (V), cuando la esposa de éste lo engañó con un amante.

Nino. Mit. asirio-babilónica. Rey asirio que impresionado por la belleza de Semíramis (V) se casó con ella y luego fue derrocado o asesinado por su mujer.

Ninyas. Mit. asirio-babilónica. Hijo de la legendaria Semíramis (V) que según una versión logró destronar a su licenciosa madre.

Njörd. Mit. escandinava. Señor de los vanir. Al sellar la paz con los ases (V), pasó a formar parte de ellos. Fue padre de Freyr (V) y de Freyja y se casó con Skadi (V. en cada caso), fracasando al poco tiempo. Vivía en Nóatum = ancladero, y regía el viento, aplacaba el mar y amortiguaba el fuego. Los marineros lo invocaban en sus travesías.

Noto. Mit. griega. También llamado Austro. Viento caliente y tormentoso del sur.

Oanes. Mit. asirio-babilónica. Primer esposo de la hermosa Semíramis. Se suicidó cuando Nino (V) le arrebató a su mujer.

Odín. Mit. escandinava. Anglosajón Voden, en antiguo nórdico Odinn, en germánico Wodan = jefe de wotes, esto es, del ejército furioso o del *Exercitus feralis* (ejército de los muertos) en tiempo de Tácito. Según Eugen Mogk, su culto se extendió originalmente por Alemania, de donde los anglosajones lo llevaron a Gran Bretaña, y de ahí a Escandinavia (V). En esa península, en Noruega, suplantó el antiguo culto a Thor (V) y en Suecia se mezcló con el de Freyr. En las glosas de los escritores de la Edad Media, Wodan fue identificado por sus atributos con Mercurio (V. Hermes), por lo que al día romano MERCURII DIES (miércoles), correspondió Wodanes-tac (antiguo nórdico, odunsdagr; inglés, Wednesday). Era hijo de Bestla y de Bor. Acaudilló el movimiento que exterminó la primera raza de gigantes. Ordenó el universo, creó la primera pareja humana y fundó el Asgard. Se casó con la hermosísima Frigg, y se le consideró el padre de los dioses. Lo exterminó el lobo Fenrir.

Ojos de estrella. Nombre de la protagonista principal de una leyenda nórdica. Se trataba de una niña lapona con una mirada prodigiosa que podía traspasar las paredes. Su madre adoptiva, creyéndola hechicera, la abandonó en la víspera de Navidad, en una planicie nevada.

Olimpo. Célebre montaña de Tesalia, la más alta de Grecia. En sus faldas moraban las musas (V) y otras deidades. Zeus (V) habitaba en su palacio, en la cima de la montaña. En el Olimpo tenían lugar las asambleas celestes, a las que asistían las divinidades superiores que formaban el cortejo de Zeus y las deidades secundarias.

Ompong Batara Guru Di-Atas. Mit. indonesia. Dios celeste, esposo de la hija del rey infernal. El monstruo Tumuldang di-bosi (V) le dio la clave para tener descendencia. Formó la Tierra.

Ompong Debata Di-Toru. Mit. indonesia. Rey de los infiernos, cuya hija estaba casada con Ompong Batara Guru di-Atas (V).

Orión. Mit. griega. Hijo de Poseidón y de Eurile (V. cada uno). Se dedicó a la caza y cierto día que viajó a Hiria en la isla de Quios, se enamoró de Mérope (V), hija de Enopio (V), y le pidió a éste la mano de la joven. Enopio le puso por condición dar muerte a todas las fieras que infestaban el lugar. Orión lo hizo pero Enopio faltó a su palabra y el cazador, enojado, forzó a Mérope. En castigo, Dioniso hizo que Orión perdiera la vista y sólo la recuperó por intermediación de Eos (V). Luego conoció a Artemisa (V) y se dedicó con ella a la caza. Febo (V), hermano de la diosa, envió a un escorpión descomunal para matar a Orión, y mientras éste huía del monstruo, Artemisa lo mató por error. Desesperada, la deidad le pidió ayuda a Zeus (V) y el dios llevó al cielo a Orión, bajo la forma de constelación.

Osiris. Mit. egipcia. Sabio rey de Egipto que mejoró las costumbres de sus súbditos mediante la enseñanza de la agricultura y la implantación de normas morales, religiosas y jurídicas. Murió a manos de su hermano Set (Tifón) que encerró su cuerpo mutilado en un sarcófago y lo arrojó al Nilo. Isis (V), esposa de Osiris, buscó el cadáver, cosió las partes separadas y lo embalsamó. Osiris se convirtió en el dios del mundo de los muertos.

Oyomal. Mit. zapoteca. Estrella que adoptó la figura de doncella para cortejar al heredero al trono. Al unirse al príncipe se convirtió en flor.

Pachaca Mac. Mit. inca. El nombre significa "el que anima la tierra". Era rival de Viracocha (V). Quizá era un dios del fuego que exigía víctimas humanas.

Paduca Di Adyi. Mit. indonesia. Hijo de Ompang Batara Guru di-Atas (V). Destruyó los 6 modelos de la Tierra de Tuwan Benuwa Coling (V), su hermano, y su padre hubo de encerrarlo en los infiernos para crear el mundo. Cuando intenta escapar de su cárcel, provoca temblores y terremotos.

Pa-Me. Mit. china. Llamada "la mujer de la inmensidad". En el balde donde había vertido la leche de la cabra Siol, protegida de los dioses, cayó la masa ígnea que Tin-Nu llevaba en un saco y de ahí se formó la Luna.

Pandora. Mit. griega. El nombre significa "mujer de todos los dones". Fue creada por Hefesto (V) de barro amasado. Era de extraordinaria hermosura y se casó con Epimeteo (V). Destapó un vaso (algunos consideran que se trataba de una caja), que contenía todos los males del mundo.

Papa. Mit. neozelandesa. "Tierra femenina". De su unión con Rangi (V) surgió la vida latente. Entre los varios hijos que tuvo destaca Tane (V).

Parnaso. Lugar de Fócide, donde las musas (V) solían reunirse con Febo (V). En ese sitio existía una fuente denominada Castalia, cuyas aguas trasmitían la inspiración a quien las bebía.

Parsifal. Personaje legendario cuya historia fue escrita por Wolfram de Eschenbach e inmortalizada por Richard Wagner en un drama musical. Parsifal era originario de Gales e hijo de Gamuret y de la reina Herzeloida. El rey Arturo lo armó caballero. Parsifal simboliza al hombre sencillo de corazón puro, elegido por Dios para que triunfe sobre todos los obstáculos, resista tentaciones y se apodere del Santo Grial, encerrado en el tabernáculo de Montsalvat.

Patito feo, El. Protagonista del cuento infantil de Andersen. Es un bello símbolo literario de cómo el más feo puede encerrar un alma hermosa, ya que la verdadera belleza reside en el espíritu.

Pelasgo. Mit. griega. Se decía que era hijo de Zeus (V) y de Níobe. Se le atribuye la primacía en el cultivo de las tierras de la Hélade. Deméter (V) se hospedó en su palacio, situado en Argos.

Pendragon. Monarca bretón que sucedió a su hermano Moines (V). Murió en el campo de batalla.

Peneo. Mit. griega. Río, padre de Dafne (V).

Pentesilea. Mit griega. Reina de las amazonas (V) que fue víctima de Aquiles.

Perséfone. Mit. griega. Hija de Zeus y de Deméter (V. cada uno). Fue raptada por Hades (V) y reinaba en los infiernos. Según una leyenda, permanecía seis meses junto a su marido y otro tanto con su madre. Su culto tenía un carácter esotérico y en los misterios de Eleusis simbolizaba la inmortalidad del alma.

Piero. Mit. griega. Rey de Ematia, en Macedonia, cuyas hijas se atrevieron a disputar el premio de poesía a las musas (V). Febo (V) castigó su atrevimiento convirtiéndolas en urracas.

Pije-Tao. Mit. zapoteca. Dios supremo (creador).

Pirámides de Giza. Maravilla del mundo antiguo. Fueron levantadas, entre 2700 y 2300 a. de C., como mausoleos para los faraones Keops, Kefrén y Micerino.

Pireneo. Mit. griega. Rey de Daulis, en Fócide. Dio hospedaje a las musas (V) con malas intenciones, pues durante la noche intentó violarlas. Las musas lograron huir volando y el libidinoso Pireneo murió al caer desde una torre cuando intentó detenerlas.

Polimnia. Mit. griega. El nombre significa "la de los himnos excelsos". Musa de los cantos sagrados e himnos. Se caracterizaba por una actitud meditativa, llevaba cetro y túnica blanca. Era hija de Zeus y Mnemosina (V. cada uno).

Polinesia. Una de las partes de Oceanía, además de Melanesia (V), Micronesia y Australia. Comprende las tierras dispersas en el Pacífico entre Australia, América y Nueva Zelanda. Éstas son: Hawai (estadounidense), las islas Tonga, Cook, Ellice y Phoenix (británicas), así como las de la Sociedad (con Tahití), las Marquesas y Tuamotú (francesas).

Pólux. Mit. griega. Hijo de Zeus (V) y de Leda (V). A él y a su hermano Cástor (V) se les conoció como los Dióscuros y ambos tomaron parte en numerosas aventuras hasta que fueron llevados al cielo, formando la constelación de Géminis, signo tercero del zodiaco.

Poseidón. Mit. griega. Hijo de Cronos y de Rea (V. cada uno). Cuando Zeus (V) repartió los dominios, le correspondió el imperio de las aguas. Se casó con Anfitrite. Vivía en lo más profundo del Mar Egeo y viajaba en una carroza tirada por hipocampos. Luchó al lado de Zeus en la guerra contra los Titanes. Envió a Creta al que fue padre del Minotauro (V). Intervino en la guerra de Troya a favor de los griegos. Persiguió a Odiseo por haber herido a Polifemo. Con un golpe de su tridente, hizo surgir al caballo Pegaso. Tuvo un gran número de amantes e hijos, y muchos héroes se enorgullecían de llevar su sangre.

Prometeo. Mit. griega. Hijo del titán Japato y de la oceánida Climena. Cuando Zeus (V) desató el diluvio universal, Prometeo le aconsejó a su hijo Deucalión, que construyera un arca para que se salvara en compañía de su mujer. Además, dicho personaje enseñó a los hombres la navegación, el alfabeto, la domesticación de animales y la medición del tiempo. Robó el fuego sagrado para dárselo a los humanos y Zeus, en castigo, le ordenó a Hefesto (V) que lo encadenara a un pico del Cáucaso, para que durante el día un águila le devorara las entrañas, mismas que eran repuestas mágicamente por la noche para prolongar su suplicio.

Psique. Mit. griega. El nombre significa "alma", en griego. Era una princesa de gran hermosura. Fue amada por Eros (V) quien ordenó a Céfiro (V) que la llevase a un palacio donde la visitaba todas las noches permaneciendo con ella hasta el alba, para que así no lo reconociese. Una noche ella, curiosa, acercó una lámpara de aceite para verlo, pero una gota le cayó en la espalda al dios y, enojado, se marchó, haciendo desaparecer el palacio. Entonces Afrodita (V), celosa por la belleza de la joven, intervino y le impuso a Psique penosos trabajos, de los que, sin embargo, logró salir avante. Finalmente se casó con Eros.

Pundarica. Mit. hindú. El rey de las serpientes. Adoptó la figura de brahmán para huir de Garuda (V), mas al revelarle el secreto a su esposa, ésta cometió indiscreción; Garuda se enteró y le dio muerte.

Qat. Mit. melanesia. Dios que formó diferentes seres vivos de los reinos vegetal y animal. Para crear la especie humana talló en un árbol los cuerpos de tres hombres y otro tanto de mujeres, los modeló cuidadosamente y los escondió en un bosque durante tres días. Hecho esto, consiguió darles vida al danzar y tocar su tambor ante ellos.

Qiaogu. Protagonista de una leyenda china que realizó un hermoso vestido nupcial con materiales muy sencillos que fue robado por una parvada de urracas. Posteriormente un hada le devolvió el traje.

Quelonea. Mit. griega. Doncella que por llegar tarde a la boda de Zeus y de Hera (V. cada uno) fue convertida en tortuga.

Quetzalcóatl. Mit. náhuatl. "Serpiente emplumada" o "Serpiente preciosa". Dios del aire y de la fuerza misteriosa que anima a la Naturaleza. Correspondía al planeta Venus.

Rangi. Mit. neozelandesa. "cielo masculino". De su unión con Papa (V) surgió la vida latente. Tane (V), su hijo, logró separarlo del abrazo en que permanecía unido a Papa y surgió así la luz en el planeta.

Razanis. Mit. malgache. Las almas de los antepasados según los antiguos nativos de Madagascar.

Rea. Mit. griega. Diosa de la Tierra. Esposa de Cronos y madre de Zeus (V. cada uno). Libró a Zeus de ser devorado por su padre, dándole en su lugar una roca envuelta en pañales. Se le rendía culto en muchos lugares de Grecia y de Asia Menor.

Remo. Mit. romana. Primer rey de Roma, hermano de Rómulo (V) quien lo asesinó. Descendía de Marte y de Rea Silvia.

Rómulo. mit. romana. Hermano de Remo (V) y con él legendario fundador de Roma, donde reinó, según la tradición, de753 a 715 a. de C. Descendía de Marte y de Rea Silvia.

Rusalka. Mit. eslava. Ser femenino en que renacían las almas de las jóvenes que morían ahogadas. Su rostro era lívido, en sus ojos podía advertirse un reflejo verde maligno, andaban desnudas y tenían la habilidad de arrojar al agua a los incautos y ahogarlos.

Sabinos. Pueblo latino, establecido cerca de Roma, emparentado con los oscos y umbrios.

Salmacis. Mit. griega. Náyade que habitaba en un estanque de Caria. Cierto día que Hermafrodito (V) acudió a dicha fuente para bañarse, lo sedujo y le pidió a Zeus (V) que los mantuviera unidos eternamente.

Santo Grial (o **Graal**). Cáliz de cristal o de oro puro que utilizó Jesús durante la última cena, y que según una leyenda medieval permanecía custodiado en la fortaleza inexpugnable de Montsalvat, que se levantaba majestuosa sobre una escarpada montaña de los Pirineos. Un grupo de caballeros lo guardaba. Alrededor de dicho objeto precioso se entretejió la leyenda de Parsifal (V).

Saturno. Mit. romana. Nombre latino de Cronos (V).

Sedna. Mit. esquimal. Divinidad principal de los esquimales, también llamada "La reina de las focas" y "La vieja del mar".

Semíramis. Mit. asirio-babilónica. Reina legendaria a quien se atribuye la creación de los jardines colgantes de Babilonia (V). Se casó con Nino (V) y luego le arrebató el poder. Célebre por su hermosura y por sus costumbres licenciosas.

Senta. Personaje legendario. Gracias a su amor hacia el Holandés Errante, que viajaba por los siete mares en busca de la redención, pudo liberarlo de la maldición que pesaba sobre él.

Set. Mit. egipcia. Hermano de Osiris (V). Le arrebató a éste el trono, lo mató y descuartizó. Isis (V), esposa de Osiris, recuperó el imperio perdido.

Shinram. Leyenda tibetana. Sacerdote budista que recriminó a un árbol su soberbia. Los dioses castigaron al presumido vegetal.

Simón Sorsa. Padre adoptivo de "Ojos de Estrella" (V), la niña lapona de mirada prodigiosa.

Sirenas. Mit. griega. Seres fabulosos a los que originalmente se representó con cuerpo de ave y cabeza femenina, y después mitad pez, mitad mujer. Su canto melodioso encantaba a los hombres, para después matarlos. Desafiaron a las musas (V) a un concurso de canto y al salir derrotadas, fueron condenadas a perder las alas.

Skadi. Mit. escandinava. Según Snorri Sturluson, es la diosa más nórdica. Pasaba el día al aire libre, provista de raquetas de nieve, acosando animales a los que cazaba con flechas, y por ese motivo se le llama "diosa de las raquetas" o "diosa de los esquíes". Vivía en los montes, en Zrymheim ("hogar del clamor"). Es la diosa epónima de Scadin-Auya, Escandinavia. Era hija del gigante Thjazi (V). Al ser muerto su padre por la intervención de los ases (V), vistió su armadura pretendiendo vengarlo, pero Odín (V) la apaciguó ofreciéndole marido, para ello se colocaron tras una cortina los dioses, mostrando únicamente los pies. Como ella creyó que descubría a Balder (V), realizó erróneamente la elección, mas al tratarse de Njörd (V) se casó con él. Según Dumezil, la prueba para la elección de marido es un antecedente del cuento *La cenicienta.*

Somcharma. Mit. hindú. Sacerdote brahmán, padre de la mujer con quien se casó Pundarica (V), rey de las serpientes.

Sui Ming. Estado en el que se encontraba el descomunal Sui Mun, o "árbol del fuego".

Sui Mun. Mit. china. Árbol del fuego, generador de luz y calor. Era de tales magnitudes que para abarcar su tronco se requerían varias decenas de personas con los brazos extendidos y sus largas ramas abarcaban miles de hectáreas a la redonda.

Sui Ren Shi. Mit. china. Nombre que significa "inventor del fuego", dado al audaz mancebo que descubrió la obtención del fuego por frotamiento.

Supai. Mit. inca. Dios de los muertos. Residía en el interior de la Tierra.

Surippak. Mit. babilónica. Ciudad situada a orillas del Éufrates, donde los dioses, cansados de la iniquidad de los hombres, se reunieron y decidieron hacer perecer a la humanidad por medio de un diluvio.

Susanoo. Mit. japonesa. Dios de los mares. Luchó con un fiero dragón de ocho cabezas que se había apoderado de los océanos y lo mató arrancándole de las entrañas una valiosa gema esférica que se ha convertido en uno de los símbolos de la dinastía imperial japonesa. Se casó con Amaterasu (V), quien era su hermana.

Tajín. Mit. totonaca. Dios equivalente al Tláloc teotihuacano.

Takina. Mit. de los carayas (Brasil). La estrella.

Talía. Mit. griega. El nombre significa: "la que florece". Musa de la comedia, representada con una corona de hiedra, el bastón y la máscara cómica en sus manos. Llevaba ese mismo nombre una de las Gracias. Era hija de Zeus y Mnemosina (V. cada uno).

Tamp-Acha. El nombre significa "señor anciano". Se trataba de un apuesto príncipe tarasco del que se enamoró Cundá (V). El padre de ésta lo capturó y aunque en un principio se libró de morir, pidió a su propio padre, por dignidad, que lo sacrificara.

Tamuras. Soberano persa, gran conocedor de las artes mágicas, según una leyenda. Capturó al rey de los divs, sus enemigos, y a cambio de su libertad, le fue revelado el arte de la escritura.

Tane. Mit. neozelandesa. Hijo de Papa (V) y de Rangi (V). Logró deshacer el abrazo de sus progenitores y entonces apareció la luz en el planeta. Con arcilla formó a Hine (V), la primera mujer, le infundió vida y se unió a ella, surgiendo la humanidad.

Tanggu. Mit. china. Gran estanque situado al Oriente, donde vivían los diez soles originales.

Tariácuri. Sabio gobernante que fundó el imperio tarasco y estableció su capital en Pátzcuaro. Repartió su reino antes de morir entre su hijo Higuangaje y sus sobrinos Tangaxoan e Hirepan.

Tarpeya. Mit. romana. Joven romana que por estar enamorada de Tito Tacio (V), el soberano de los sabinos y enemigo de Roma, le entregó las llaves del Campidoglio donde estaban atrincherados sus compatriotas.

Tawhiri. Mit. neozelandesa. Hijo de Papa (V) y de Rangi (V). Deidad de los vientos y las tempestades.

Templo de Artemisa en Éfeso. Una de las maravillas del mundo antiguo. Fue erigido por encargo del rey Creso, hacia 560 a. de C. Dicha obra fue incendiada y reconstruida 200 años más tarde y la destruyeron en definitiva los godos en el año 262 de nuesta era.

Terafim. Mit. judía. Pequeños ídolos portátiles para practicar la adivinación, que según el profeta Oseo, en el siglo VIII, eran aún indispensables para el culto.

Terpsícore. Mit. griega. El nombre significa "la que baila". Musa de la danza, hija de Zeus y Mnemosina (V. cada uno). Se le representaba con guirnalda y lira.

Tezcatlipoca. Mit. náhuatl. "Espejo humeante". Uno de los cuatro primeros dioses, hijos de los Señores de la dualidad. Hermano y opositor de Quetzalcóatl (V).

Thjazi. Mit. escandinava. Fiero gigante, padre de Skadi (V). Raptó a Idún (V) con la ayuda de Loki (V). Murió debido a la astucia de los ases (V).

Tifón. Mit. griega. Según unas versiones, lo creó Hera (V) sin concurso de varón alguno. De acuerdo con otras fuentes, era hijo de Tártaro y de Gea. Como quiera, se trataba de un monstruo espantoso de cien cabezas.

Tíndaro. Mit. griega. Esposo de Leda (V) con quien tuvo por hijos a Cástor (V) y Clitemnestra (V) quienes nacieron al estilo de las aves y tuvieron por medios hermanos a Helena (V) y a Pólux (V), fruto de la relación de Leda con Zeus (V).

Tin-Nu. Mit. china. Gigante que, compadecido de la tristeza de la Noche, le arrancó una parte de su cuerpo tórrido al Sol y la echó en un saco de nubes. Sin embargo, la bolsa tenía agujeros y se escaparon fragmentos ígneos, formando las estrellas. Además, la porción solar cayó en un balde con leche y por ello la Luna tiene ese aspecto.

Tito Tacio. Mit. romana. Soberano de los sabinos que luego de pactarse la paz con los romanos gobernó al lado de Rómulo (V).

Titurel. Monarca de los Caballeros del Santo Grial. Debido a su edad avanzada, abdicó en favor de Amfortas (V), su hijo.

Tomás, el Fisgón de Coventry. Sastre que al atreverse a contemplar a Lady Godiva (V) desnuda, se quedó ciego.

Triptolómeo. Mit. griega. Hijo de Céleo y Metanira (C. cada uno). Deméter (V) le enseñó los secretos de la agricultura durante el tiempo que pasó en Eleusis.

Urania. Mit. griega. El nombre significa "la celeste", musa de la astronomía, hija de Zeus y de Mnemosina (V. cada uno). Tenía por símbolos el globo terráqueo y el compás.

Urcaguay. Mit. inca. Señor de los tesoros subterráneos, era un reptil enorme con cabeza de siervo y cola adornada con cadenas de oro.

Utanapishtim. Mit. babilónica. Personaje que sirvió de inspiración para el Noé bíblico. Por consejo de Ea (V) construyó una gran barca en la que se salvó, al sobrevivir al diluvio, junto con muchas especies de animales.

Uther. Rey bretón que sucedió a su hermano Pendragon (V) y agregó a su nombre el del monarca antecesor. Fue el padre del célebre rey Arturo (V).

Vedas, los. Cuatro libros sagrados de la India, en lengua sánscrita, atribuidos a la revelación de Brahma (V). Se trata de colecciones de oraciones, de himnos y de fórmulas de consagración, de expiación, etc. Los *Puranas* y los *Sutras* constituyen comentarios sobre dichas obras.

Vía Láctea. Galaxia a la que pertenece nuestro sistema solar, cuya anchura es de 100 000 años luz (946 200 billones de kilómetros) y que consta de diez a veinte billones de estrellas.

Viracocha. Mit. inca. Señor de la lluvia y en general del agua. Se decía que había surgido de las profundidades del lago Titicaca. Creó a los hombres y entronizó a Allcavica como soberano.

Viviana. Hechicera, mujer de Merlín (V). Luego de aprender las artes mágicas de éste, mató a su cónyuge, según una versión.

Vortingern. Senescal del rey bretón Moines (V) que traicionó a éste en una batalla contra los bretones.

Walhalla. Mit. escandinava (En antiguo islandés, Volhöll = "salón de los matados"). En la mitología germánica y escandinava, era la mansión de los muertos. Los que perecían en combate eran conducidos hasta dicho lugar por las Valquirias. Las vigas de este recinto eran lanzas, sus tejas escudos y sus bancos estaban tapizados con indumentaria guerrera. En el dintel de la puerta occidental había un lobo, y encima de él un águila.

Xanath. Mit. totonaca. Bella joven que, al rechazar al dios gordo, fue convertida en la vainilla.

Xaratanga. Mit. tarasca. Deidad lunar y del sustento que hacía crecer y reproducir a los seres vivos, además de recibir a los muertos. Su esposo era Curicaveri (V).

Xipe-Totec. Mit. zapoteca. Dios de los joyeros.

Xochipilli. Mit. mexica. Dios de las flores.

Yao. Mit. china. Emperador legendario que escaló la montaña más elevada para exigir a los diez soles originales que no aparecieran juntos en el firmamento porque provocaban demasiado calor en el mundo, y al no ser escuchado, pidió ayuda al soberano del cielo, enviando éste al guerrero Hou Yi (V).

Zeus. Mit. griega. Dios supremo, hijo de Cronos (V) y de Rea y padre de los dioses y de los hombres. Cronos devoraba a sus hijos temiendo que al crecer lo destronaran, y Rea, al estar embarazada de Zeus, huyó a Creta donde tuvo a su hijo. Luego retornó al Olimpo (V), simuló que daba a luz y presentó a su marido una piedra envuelta en pañales que éste tragó sin vacilar. La cabra Amaltea alimentó al dios durante su niñez y los Coribantes se encargaron de su educación. Ya en la edad adulta, Zeus arrojó a su padre del Olimpo y ocupó el trono, haciéndose dueño del Cielo y de la Tierra. Se casó con Hera (V) y repartió el poder entre sus hermanos. Él se reservó el Cielo, concedió el imperio de las aguas a Poseidón (V) y el de los infiernos a Hades (V). De su matrimonio con Hera, tuvo a Ares (V), Hefesto (V) y Hebe. Zeus tuvo muchas aventuras amorosas y en varias ocasiones adoptó formas diversas para seducir a las mujeres que le gustaban. Sus símbolos eran un cetro, cuyo remate era el de un águila, y el rayo.

Zintzími. Rey de Itzáparamucu, según una leyenda tarasca. Era padre de Cundá (V), y al enamorarse ésta de Tamap-achá (V), príncipe de un reino vecino, lo capturó y desencadenó su muerte.

Zrymheim. Montes de aspecto tenebroso donde solía ir de cacería la diosa Skadi (V).

Bibliografía general

Atlas de oro ilustrado. México, Novaro, 1967. (Vols. 2, 3, 4, 7 y 8.)
Bergamini, David, *El Universo*. Amsterdam, TIME-LIFE, 1968.
Bierhorst, John. *Mitos y leyendas de los aztecas*. México, EDAF, 1985.
Binder, Otto, *La Luna*. México, Novaro, 1965.
Binjie, Chu (recopilador), *Relatos mitológicos de la antigua China*. Beijing, Ediciones en Lenguas Extranjeras, 1982.
Borges, Jorge Luis, *Literaturas germánicas medievales*. Buenos Aires, EMECE. 1979.
Borges, Jorge Luis, *Manual de zoología fantástica*. México, FCE, 1980.
Branston, Brian, *Gods and Heroes From Viking Mythology*. Londres, Eurobook, 1978.
Branston, Brian, *Gods of the North*. Londres, Thames and Hudson, 1980.
Branston, Brian, *Mitología germánica ilustrada*. Barcelona, Vergara.
Brom, Juan, *Esbozo de historia universal*. México, Grijalbo, 1969.
Cabrera, Rina, *Fábulas mitológicas*. La Habana, Oriente, 1979.

Cirici Ventallo, Carmen (antologadora), *Cuentos de ayer, cuentos de siempre*. México, Martín Casillas, 1983.
Ciudades desaparecidas, México, Reader's Digest, 1982.
Cuentos de la India (antología). México, Manuel Porrúa, 1978.
Cuentos malayos (antología). México, Manuel Porrúa, 1979.
Cuentos populares chinos. Beijing, Ediciones en Lenguas Extranjeras, Chávez F.,

Dumezil, Georges, *Los dioses de los germanos*. México, Siglo XXI, 1973.
Dumezil, Georges, *Los dioses de los indoeuropeos*. Barcelona, Seix-Barral, 1970.
Ellis Davison, H. R., *Gods and Myths of Northern Europe*. Londres, Penguin, 1979.
Faraday, Winifred, *The Edda*. Ams. Press, 1972.
Garibay, Angel Ma, *Mitología griega*. México, Porrúa, 1968.
Gascó Contell, Emilio, *Mitología universal*. México, Modesto Vázquez García, 1958.
Gaytán, Carlos, *Diccionario mitológico*. México, Diana, 1979.

Grimal, P., *Mitologías*. Barcelona, Planeta, 1982. (4 vols.)
Guirand, Félix, *Mitología general*. Barcelona, Labor, 1971.
Hadow, W. H., *Ricardo Wagner*. México, FCE, 1978.
Hamilton, Edith, *Dioses, héroes y leyendas*. México, Daimon, 1976.
Humbert, Juan, *Mitología griega y romana*. México, G. Gili, 1981.

Magnusson, Magnus, *Viking (Hammer of Noth)*. Nueva York, Galahad Books, 1980.
Martínez Paredes, Domingo, *Diez leyendas mayas*. México, Joaquín Porrúa, 1982.

Meza, Otilia, *El mundo mágico de los dioses del Anáhuac*. México, Universo, 1981. (Tomos I y II.)
Meza, Otilia, *Leyendas del antiguo México*. México, Editores Asociados Mexicanos, 1985.
Miranda Basurto, Ángel, *La evolución de México*. México, Herrero, 1968.
Mogk, Eugen, *Mitología nórdica*. Barcelona, Labor, 1932.
Pérez Rioja, José Antonio, *Diccionario de símbolos y mitos*. Madrid, Tecnos, 1971.
Potter, Robert R. y Alan Robinson, Mitos y leyendas del mundo. México, Publicaciones Culturales, 1983.
Prampolini, Giacomo, *Mitología en la vida de los pueblos*. Barcelona, Montaner y Simón, 1969. (Tomos I y II.)
Repollés, José, *Las mejores leyendas mitológicas*. Barcelona, Bruguera, 1974.
Rohde, Teresa (antologadora), *La India literaria*. México, Porrúa, 1972.
Schnitzer, Rita, *Leyendas y mitos de los flores*. Barcelona, Elfos, 1984.
Schure, Eduardo, *Los grandes iniciados*. México, Editores Mexicanos Unidos, 1978.
Tibón, Gutierre, *Aventuras en México (1937-1983)*. México, Diana, 1983.
Webb, Edmund James, *Los nombres de las estrellas*. México, FCE, 1982.

La publicación de esta obra la realizó
Editorial Trillas, S. A. de C. V.

División Administrativa, Av. Río Churubusco 385,
Col. Gral. Pedro María Anaya, C. P. 03340, México, D. F.
Tel. 56884233, FAX 56041364

División Logística, Calzada de la Viga 1132, C. P. 09439
México, D. F. Tel. 56330995, FAX 56330870

Esta obra se imprimió
el 8 de agosto de 2014, en los talleres de
Editorial Progreso, S. A. de C. V.

B 120 RASS